沈復 著
彭令 整理
崇賢書院 釋譯

浮生六記

第五冊

北京聯合出版公司

（承上册）

原文 余所居室，四邊皆窗户，遇風即闔，風息即開。余所居室，前簾後屏，太明即下簾，以和其内映；太暗則捲簾，以通其外耀。内以安心，外以安目，心目俱安，則身安矣。

禪師稱二語告我曰：「未死先學死，有生即殺生。」有生，謂妄念初生。殺生，謂立予剷除也。此與孟子勿忘勿助之功相通。

孫真人[1]《衛生歌》云：

衛生切要知三戒，大怒大欲並大醉。
三者若還有一焉，須防損失真元氣。

又云：

世人欲知衛生道，喜樂有常嗔怒少。
心誠意正思慮除，理順修身去煩惱。

又云：

醉後強飲飽強食，未有此生不成疾。
入資飲食以養身，去其甚者自安適。

又蔡西山[2]《衛生歌》云：

何必餐霞餌大藥，妄意延齡等龜鶴。
但於飲食嗜欲間，去其甚者將安樂。
食後徐行百步多，兩手摩脅並胸腹。

又云：

醉眠飽臥俱無益，渴飲饑餐尤戒多。

食不欲粗並欲速，寧可少餐相接續。
若教一頓飽充腸，損氣傷脾非爾福。

又云：

飲酒莫教令大醉，大醉傷神損心志。
酒渴飲水並啜茶，腰腳自茲成重墜。

又云：

視聽行坐不可久，五勞七傷從此有。
四肢亦欲得小勞，譬如戶樞終不朽。

又云：

道家更有頤生旨，第一戒人少嗔恚。

凡此數言，果能遵行，功臻旦夕，勿謂老生常談也。

註釋 ①孫真人：孫思邈，唐代醫學家和藥物學家，有「藥王」的美譽，在宋徽宗崇寧二年（一一〇三年）被追封爲妙應真人。②蔡西山：蔡元定，字季通，學者稱西山先生，建寧府建陽縣（今福建建陽）人。南宋著名理學家、律呂學家、堪輿學家。

譯文 我住的屋子，四邊都有窗戶，颳風的時候就關上，風停了就打開。我住的屋子，前面有簾子，後面有屏風，太亮了就垂下簾子，以便使屋子裏光線柔和；太暗就捲起簾子，以便使外面的光照進來。在內可以安心，在外可以保護眼睛，心和眼睛都安定了，身體就安定了。

禪師將兩句話告訴我說：「沒到要死的時候，要先懂得死亡，心中生出妄念就要消滅它。」有生，說的是妄念初生，殺生，就要立即剷除。這和孟子順其自然就既不忘記也不刻意的道理是想通的。

孫真人有《衛生歌》，說：

衛生切要知三戒，大怒大欲並大醉。

三者若還有一焉，須防損失真元氣。

又說：

世人欲知衛生道，喜樂有常嗔怒少。

心誠意正思慮除，理順修身去煩惱。

又說：

醉後強飲飽強食，未有此生不成疾。

入資飲食以養身，去其甚者自安適。

又蔡西山《衛生歌》說：

何必餐霞餌大藥，妄意延齡等龜鶴。

但於飲食嗜欲間，去其甚者將安樂。

食後徐行百步多，兩手摩脅並胸腹。

又說：

醉眠飽臥俱無益，渴飲饑餐尤戒多。

食不欲粗並欲速，寧可少餐相接續。

若教一頓飽充腸，損氣傷脾非爾福。

又說：

飲酒莫教令大醉，大醉傷神損心志。

酒渴飲水並啜茶，腰腳自茲成重墜。

又說：

視聽行坐不可久，五勞七傷從此有。
四肢亦欲得小勞，譬如戶樞終不朽。

又說：

道家更有頤生旨，第一戒人少嗔恚。

大凡這些話，如果能遵照執行，一早一晚之間就能達到非常好的效果，不要說這是老生常談。

原文 潔一室，開南牖，八窗通明。勿多陳列翫器，引亂心目。設廣榻、長几各一，筆硯楚楚，旁設小几一。掛字畫一幅，頻換。几上置得意書一二部，古帖一本，古琴一張。心目間，常要一塵不染。

晨入園林，種植蔬果，芟草，灌花，蒔藥。歸來入室，閉目定神。時讀快書，怡悅神氣。時吟好詩，暢發幽情。臨古帖，撫古琴，倦即止。知己聚談，勿及時事，勿及權勢，勿臧否人物，勿爭辯是非。或約閑行，不衫不履，勿以勞苦徇禮節。小飲勿醉，陶然而已。誠然如是，亦堪樂志。以視夫蹙足入絆，申脰①就羈，遊卿相之門，有簪佩②之累，豈不天壤之懸哉！

註釋 ①脰：脖子。②簪佩：古代冠簪以及繫於衣帶上的飾物，借指仕宦。南朝梁簡文帝《南郊頌》序：「屠羊釣鼇之士，厭洗耳而襲簪佩。」

譯文 把一間屋子打掃乾淨，打開向南的窗戶。不要過多地陳列翫物器具，干擾視聽。擺一張寬大的臥榻和一張長條几案，將筆墨紙硯擺放整齊，旁邊擺一張小几案。掛一幅字畫，經常更換。几案上擺放一兩部喜歡的書，一本古人傳下的字帖，一張古琴。心神和眼目間，要常做到一塵不染。

清晨到園林中，種植蔬菜水果，勤勞地除草，澆花，噴藥。回來後到屋子中，閉上眼睛安定心神。不時快速地讀書，怡情悅性養神正氣。有時吟一首好詩，痛快地抒發心中的感情。臨摹古人的字帖，撫弄古琴，疲倦了就停止。知己聚在一起談話，不要涉及政治，不要涉及權勢，不要褒貶別人，不要爭辯是非。也可以與人相約出門閒走，不穿正式的衣服和鞋子，不要勞苦自己遵循禮節。稍微喝點酒不要喝醉，衹是陶冶性情罷了。真是這樣，也會感到快樂。再去看另一種生活，就像伸出腳等待牽絆，伸出脖子等著被拴，到高官之家拜訪，爲仕宦所累，這兩種生活豈不是有天壤之別嗎！

原文 太極拳非他種拳術可及。「太極」二字，已完全包括此種拳術之意義。太極，乃一圓圈。太極拳即由無數圓圈聯貫而成之一種拳術。無論一舉手，一投足，皆不能離此圓圈。離此圓圈，便違太極拳之原理。四肢百骸不動則已，動則皆不能離此圓圈，處處成圓，隨虛隨實。練習以前，先須存神納氣，靜坐數刻。並非道家之守竅也，衹須屏絕思慮，務使萬緣俱靜。以緩慢爲原則，以毫不使力爲要義，自首至尾，聯綿不斷。相傳爲遼陽張通，於洪武初奉召入都，路阻武當，夜夢異人，授以此種拳術。余近年從事練習，果覺身體較健，寒暑不侵。用以衛生，誠有益而無損者也。

譯文 太極拳不是其他拳術能夠相比的。「太極」兩個字，已經完全把這種拳術的意義包括在內。太極，就是一個圓圈。太極拳就是由無數圓圈聯貫而成的一種拳術。不論是一舉手還是一投足，都不能離開這個圓圈。離開了這個圓圈，就違背了太極拳的原理。四肢和身體不動就罷了，動就不能離開這個圓圈，處處都要形成一個圓圈，隨著它虛隨著它實。練習之前，一定先要存儲精神吸納氣息，靜坐幾刻鐘。這並不是道家守住七竅的方法，祇確保屏卻各種思慮，一定要使周圍的一切安靜。以緩慢爲原則，以一點都不用力爲宗旨，從頭到尾，延續不斷。相傳遼陽有個叫張通的人，在洪武初年被宣召進京，路過武當山被阻，夜間夢到奇異之人，傳授他這種拳術。我近些年來練習這種拳術，果然覺得身體強健了，冷熱都不受影響。用這種方法護衛生命，真是有好處沒有壞處。

原文 省多言，省筆劄，省交遊，省妄想，所一息不可省者，居敬養心耳。

楊廉夫①有《路逢三叟》詞云：

上叟前致詞，大道抱天全。
中叟前致詞，寒暑每節宣。
下叟前致詞，百歲半單眠。

嘗見後山詩中一詞，亦此意。蓋出應璩②，璩詩曰：

昔有行道人，陌上見三叟。
年各百歲餘，相與鋤禾麥。
往前問三叟，何以得此壽？

上叟前致詞，室內姬粗醜。
二叟前致詞，量腹節所受。
下叟前致詞，夜臥不覆首。
要哉三叟言，所以能長久。

註釋 ①楊廉夫：楊維楨，字廉夫，號鐵崖、東維子等，元代著名文學家、書畫家，有《東維子文集》、《鐵崖先生古樂府》。②應璩：字休璉，三國時曹魏文學家，原有集十卷，已散佚。

譯文 省去了許多語言，省去了許多筆和紙劄，省去了交往出遊，省去了狂妄的想法，連一會兒也不能省去的，就是帶著敬意修養內心。

楊廉夫有一首《路逢三叟》詞，寫的是：

上叟前致詞，大道抱天全。
中叟前致詞，寒暑每節宣。
下叟前致詞，百歲半單眠。

曾見後山的詩中有一首詞，也是這個意思。大概出自應璩之手，他在詩中說：

昔有行道人，陌上見三叟。
年各百歲餘，相與鋤禾麥。
往前問三叟，何以得此壽？
上叟前致詞，室內姬粗醜。
二叟前致詞，量腹節所受。
下叟前致詞，夜臥不覆首。

要哉三叟言，所以能長久。

【原文】古人云：「比上不足，比下有餘。」此最是尋樂妙法也。將啼饑者比，則得飽自樂；將號寒者比，則得暖自樂；將勞役者比，則優閒自樂；將疾病者比，則康健自樂；將禍患者比，則平安自樂；將死亡者比，則生存自樂。

白樂天詩有云：

蝸牛角内爭何事，石火[1]光中寄此身。
隨富隨貧且歡喜，不開口笑是癡人。

近人詩有云：

人生世間一大夢，夢裏胡爲苦認真？
夢短夢長俱是夢，忽然一覺夢何存！

與樂天同一曠達也！

【註釋】①石火：敲擊石塊發出的火花，其光極爲短暫。《關尹子·五鑒》：「來干我者，如石火頃，以性受之，則心不生，物浮浮然。」

【譯文】古人說：「比上不足，比下有餘。」這是最好的尋找快樂的方法。和哭泣挨餓的人比，能喫飽自己就會高興；和號叫受凍的人比，能穿暖自己就會高興；和辛苦勞作的人比，輕鬆安閒自己就會高興；和身患疾病的人比，身體健康自己就會高興；和遭遇禍患的人比，能平安自己就會高興；和死去的人比，能生存自己就會高興。

白居易的詩中說：

蝸牛角内爭何事，石火光中寄此身。
隨富隨貧且歡喜，不開口笑是癡人。

近人的詩中說：

人生世間一大夢，夢裏胡爲苦認真？
夢短夢長俱是夢，忽然一覺夢何存！

此詩與白居易的詩同樣很曠達啊！

原文 「世事茫茫，光陰有限，算來何必奔忙？人生碌碌，競短論長，卻不道榮枯有數，得失難量。看那秋風金穀①，夜月烏江②，阿房宮冷，銅雀臺荒，榮華花上露，富貴草頭霜。機關參透，萬慮皆忘，誇甚麼龍樓鳳閣，說甚麼利鎖名韁。閒來靜處，且將詩酒倡狂，唱一曲歸來未晚，歌一調湖海茫茫。逢時遇景，拾翠尋芳。約幾個知心密友，到野外溪傍，或琴棋適性，或曲水流觴，或說些善因果報，或論些今古興亡。看花枝堆錦繡，聽鳥語弄笙簧。一任他人情反復，世態炎涼，優遊閒歲月，瀟灑度時光。」

此不知爲誰氏所作，讀之而若大夢之得醒，熱火世界一貼清涼散也。

註釋 ①金穀：指晉石崇所築的金穀園，泛指富貴人家雖曾鼎盛一時卻好景不長的豪華園林。一般含有諷喻之義。晉潘岳《金穀集作》詩：「朝發晉京陽，夕次金穀湄。」②烏江：水名。位於今安徽省和縣東北。附近原有烏江亭，據說是項羽兵敗自刎的地方。《史記·項羽本紀》：「於是項王乃欲東渡烏江。」

譯文 「世事茫茫，光陰有限，算來何必奔忙？人生碌碌，競短論長，卻不道榮枯有數，得失難量。看那秋風金穀，夜月烏江，阿房宮冷，銅雀臺荒，榮華花上露，富貴草頭霜。機關參透，萬慮皆忘，誇甚麼龍樓鳳閣，說甚麼利鎖名韁。閒來靜處，且將詩酒倡狂，唱一曲歸來未晚，歌一調湖海茫茫。逢時遇景，拾翠尋芳。約幾個知心密友，到野外溪旁，或琴頤適性，或曲水流觴，或說些善因果報，或論些今古興亡。看花枝堆錦繡，聽鳥語弄笙簧。一任他人情反復，世態炎涼，優遊閒歲月，瀟灑度時光。」

這首小賦不知道是甚麼人作的，讀後彷佛從大夢中醒來，像在到處都是熱火的世界中得到一貼清涼散。

原文 程明道先生①曰：「吾受氣甚薄，因厚爲保生。至三十而浸盛，四十五十而浸盛，四十五十而後完。今生七十二年矣，較其筋骨，於盛年無損也。若人待老而保生，是猶貧而後蓄積，雖勤亦無補矣。」

口中言少，心頭事少，肚裏食少。有此三少，神僊可到。酒宜節飲，忿宜速懲，欲宜力制。依此三宜，疾病自稀。

病有十可卻：靜坐觀空，覺四大原從假合，一也；煩惱現前，以死譬之，二也；常將不如我者，巧自寬解，三也；造物勞我以生，遇病少閒，反生慶倖，四也；宿孽現逢，不可逃避，歡喜領受，五也；家室和睦，無交謫之言，六也；眾生各有病根，常自觀察克治，七也；風寒謹防，嗜欲淡薄，八也；飲食寧節毋多，起居務適毋強，九也；覓高明親友，講開懷出世之談，十也。

註釋 ①程明道先生：程顥，字伯淳，人稱明道先生，北宋洛陽人。與其弟程頤開創「洛學」，奠定了理學基礎。

譯文 程顥先生說：「我的血氣天生就很薄弱，所以要使其厚重起來保全生命。到了三十歲時就因爲日夜侵染消耗而更加薄弱，到了四五十歲時就會進一步薄弱，到了四五十歲以後就會衰竭。我今生已經活了七十二歲，現在的筋骨和盛年相比沒有損傷。如果人到了老年纔開始保養生息，就好像貧到極點了纔開如蓄積財富，即使勤奮也無法補救了。」

口中的話少，心中的事少，肚子裏的食物少。做到這三個少，神僊也可以等到。飲酒應該節制，忿怒應該儘快排譴，欲望應該盡力節制。做到這三個應該，疾病就會自動緩解。

有十種可以治療疾病的方法：靜靜地坐著，甚麼都不看，感覺到四大元素融合起來，這是第一種方法；煩惱出現在眼前，就用死來比較，這是第二種方法；常常想那些不如自己的人，巧妙地自我寬慰，這是第三種方法；造物主讓我爲了生存而勞累，生病了可以休息，反而是值得慶倖的事，這是第四種方法；宿命中的孽果如今遇到了，不能逃避，就歡喜地領受，這是第五種方法；家庭和睦，沒有互相責備的言語，這是第六種方法；世人都有各自的病根，常常自己觀察找到攻克治療之道，這是第七種方法；謹慎地預防風寒，淡薄嗜好和欲望，這是第八種方法；在飲食方面，寧可節制也不要過多，起床睡覺一定要適當而不能勉強，這是第九的親人和朋友，所講的都是開解胸懷脫離塵世的言論，這是第十種方法。

原文 邵康節①居安樂窩中，自吟曰：

老年肢體索溫存，安樂窩中別有春。
萬事去心閒偃仰，四肢由我任舒伸。
炎天傍竹涼鋪簟，寒雪圍爐軟布裀。
晝數落花聆鳥語，夜邀明月操琴音。
食防難化常思節，衣必宜溫莫懶增。
誰道山翁拙於用，也能康濟自家身。

養生之道，衹「清淨明了」四字。內覺身心空，外覺萬物空，破諸妄想，一無執著，是曰「清淨明了」。

註釋 ①邵康節：即邵雍，謚康節，見前注。

譯文 邵雍住在安樂窩中，自己吟唱道：

老年肢體索溫存，安樂窩中別有春。
萬事去心閒偃仰，四肢由我任舒伸。
炎天傍竹涼鋪簟，寒雪圍爐軟布裀。
晝數落花聆鳥語，夜邀明月操琴音。
食防難化常思節，衣必宜溫莫懶增。
誰道山翁拙於用，也能康濟自家身。

養生的方法，衹有「清靜明了」四個字。向內感覺身心空明，向外感覺世界上的東西都不存在，破除諸種妄想，一點執著放不下的事情都沒有，就叫作「清靜明了」。

原文

萬病之毒，皆生於濃。濃於聲色，生虛怯病。濃於貨利，生貪饕①病。濃於功業，生造作病。濃於名譽，生矯激病。噫，濃之爲毒甚矣！樊尚默先生以一味藥解之，曰「淡」。雲白山青，川行石立，花迎鳥笑，穀答樵謳，萬境自閒，人心自鬧。

歲暮訪淡安，見其凝塵滿室，泊然處之。歎曰：「所居，必灑掃涓潔，虛室以居，塵囂不雜。齋前雜樹花木，時觀萬物生意。深夜獨坐，或啟扉以漏月光，至昧爽，但覺天地萬物，清氣自遠而屆，此心與相流通，更無窒礙。今室中蕪穢不治，弗以累心，但恐於神爽未必有助也。」

註釋

①饕：貪。

譯文

導致所有疾病的毒素，都由濃烈而生。濃烈地追求聲色，就會產生空虛怯懦之病。濃烈地追求財利，就會產生貪得無厭之病。濃烈地追求功業，就會產生矯揉造作之病。濃烈地追求名譽，就會產生矯飾偏激之病。啊，濃烈的毒害太厲害了！樊尚默先生用一味藥解了這種毒，這味藥叫作「淡」。雲是白的，山是青的，川流不息，巨石林立，花兒迎風開放，鳥兒歡笑鳴叫，農夫酬唱，樵夫歌詠，世間萬物生長的環境都是一種自然閒適的狀態，衹是人的內心自己在喧鬧而已。

年末的時候我去淡安家拜訪，見到他滿屋都是灰塵，他卻淡然地住在裏面。我感歎道：「住的地方，一定要打掃灑水以使清潔，在空曠的屋子裏居住，不摻雜塵世的喧囂。堂前混種各種花木，不時可以看到萬物生長的意趣。在深夜裏一個人坐著，也可以打開窗戶讓月光照進來，到了睡覺時就會十分清爽，衹覺得天地之間萬物的清新氣息從遠處飄來，自己的內心與之交流溝通，一點障礙都沒有。如今屋子裏蕪雜的穢物得不到清掃，即使不牽累身心，恐怕對精神的清爽也未必有幫助了。」

原文 余年來靜坐枯庵，迅掃夙習。或浩歌長林，或孤嘯幽谷，或弄艇投竿於溪涯湖曲，捐耳目，去心智，久之似有所得。陳白沙①曰：「不累於外物，不累於耳目，不累於造次顛沛。鳶飛魚躍，其機在我。」知此者謂之善學，抑亦養壽之真訣也。

聖賢皆無不樂之理。孔子曰：「樂在其中。」顏子曰：「不改其樂」。孟子以「不愧、不怍」爲樂。《論語》開首說樂。《中庸》言「無入而不自得」。程朱教尋孔顏樂趣，皆是此意。聖賢之樂，余何敢望？竊欲仿白傳之「有叟在中，白鬚飄然；妻孥熙熙，雞犬閒閒②」之樂云耳。

註釋 ①陳白沙：陳獻章，字公甫，號實齋，別號碧玉老人，明代著名思想家、教育家、書法家、詩人，曾住白沙村，人稱白沙先生。②「有叟在中」句：出自唐白居易《池上篇》。

譯文 我近年來在枯庵中靜坐，很快掃除了從前的壞習慣。有時在林中放聲高歌，有時在幽靜的山谷中獨自大叫，有時在小溪邊或湖水彎處泛舟垂釣。捨棄耳目，拋去心智，時間長了就仿佛有些心得。陳獻章說：「不爲外物所累，不被耳目所累，不被坎坷流離所累。雄鷹飛翔魚兒跳躍，其中的機緣在於我。」明白這一點可以說是善於學習的人，或者也可以說是養生長壽真正的要訣。

聖明之人都是這樣，沒有不認同這個道理的。孔子說：「快樂就在其中。」顏子說：「不改變這種快樂生活的方式。」孟子以「光明磊落，問心無愧」爲快樂。《論語》在開篇就提到了快樂。《中庸》說「沒有甚麼人不是自得其樂的」。程朱教導弟子尋找孔子和顏子所說的樂趣，都是這個意思。聖賢的快樂，我怎麼敢奢望？衹是私下裏想模倣白居易描寫的「有個老頭子在其中，白鬍鬚飄擺；妻子和孩子在周圍吵鬧，雞和狗很悠閒」的快樂罷了。

原文

冬夏皆當以日出而起，於夏尤宜。天地清旭之氣，最爲爽神，失之甚爲可惜。余居山寺之中，暑月日出則起，收水草清香之味。蓮方斂而未開，竹含露而猶滴，可謂至快。日長漏永，午睡數刻，焚香垂幕，淨展桃笙，睡足而起，神清氣爽。真不啻天際真人也。

樂即是苦，苦即是樂。帶些不足，安知非福？舉家事事如意，一身件件自在，熱光景即是冷消息。聖賢不能免厄，僊佛不能免劫，厄以鑄聖賢，劫以煉僊佛也。

牛喘月，鴈隨陽，總成忙世界；蜂采香，蠅逐臭，同是苦生涯。勞生擾擾，惟利惟名。牿①旦晝，蹶寒暑，促生死，皆此兩字誤之。以名爲炭而灼心，心之液涸矣；以利爲蠆②而螫心，心之神損矣。今欲安心而卻病，非將名利兩字，滌除淨盡不可。

註釋 ①牿：關牛馬的圈，比喻束縛。②蠆：古書上說的蠍子一類的毒蟲。

譯文 不論冬季還是夏季都應當在太陽昇起的時候起床，夏季尤其適合這樣做。天地之間清澈的旭日初昇之氣，是最使人神清氣爽的，錯過了十分可惜。我住在山中的寺廟裏，在夏天酷暑的日子中每當日出就起床，吸收水草清香的味道。蓮花收斂著還未綻放，竹子霑滿了露水青翠欲滴，可以說是快樂的極致啊。白天很長，中午時睡幾刻鐘，焚上香垂下簾幕，乾淨地擺放在桃木几案上，睡夠了就起來，會覺得神清氣爽。真不比天上的僊人差。

快樂就是痛苦，痛苦就是快樂。時而有些不足之處，又怎麼知道不是福氣呢？全家事事都如意，自身的每件事情都自在，熱烈的光

景也就是冷靜的消息。聖賢也沒有辦法完全避免禍患和厄運，神僊和佛祖也不能避免劫數，厄運鑄造聖賢，劫數鍾煉僊佛。

牛對著月亮喘息，鴈隨著太陽飛翔，總是會形成一個忙碌的世界；蜜蜂採集花香，蒼蠅追逐臭氣，都是辛苦的生涯。一生勞苦困擾，衹爲了利益和名譽。白天把自己束縛起來，寒冷和酷熱的天氣都讓自己遭受挫折，活著和死去都很倉促，都是被「名利」兩字所誤。把名譽當作炭會燒灼自己的心，心中的汁液就會乾涸；把利益當作蠆就會螫傷自己的心，心神就會受到損害。如今想要安心抵禦疾病，不把「名利」兩個字洗除乾淨是不行的。

原文 余讀柴桑翁①《閒情賦》，而歎其鍾情；讀《歸去來辭》，而歎其忘情；讀《五柳先生傳》，而歎其非有情、非

無情，鐘之忘之，而妙焉者也。余友淡公，最慕柴桑翁，書不求解而能解，酒不期醉而能醉。且語余曰：「詩何必五言？官何必五斗？子何必五男？宅何必五柳？」可謂逸矣！余夢中有句云：「五百年謫在紅塵，略成遊戲；三千里擊開滄海，便是逍遙。」醒而述諸琢堂，琢堂以爲飄逸可誦。然而誰能會此意乎？

註釋 ①柴桑翁：指東晉大詩人陶淵明，晚年隱居柴桑，故稱。宋朱熹《正月五日欲用斜川故事結客載酒過伯休新居分韻得中字》：「願書今日懷，遠寄柴桑翁。」

譯文 我讀柴桑翁的《閒情賦》，從而感歎他的鍾情；讀《歸去來辭》，從而感歎他的忘情；讀《五柳先生傳》，從而感歎他既不是有情、也不是無情，鍾情而又忘情，實在是很玄妙啊。我的朋友淡公最仰慕柴桑翁，讀書不求解卻能解，喝酒不期望醉卻能醉。他還對我說：「詩爲甚麼一定要作五言的呢？做官爲甚麼一定要追求五斗米的俸祿呢？生孩子爲甚麼一定要生五個男孩呢？住的房子前爲甚麼一定要種五棵柳樹呢？」可以說是安逸啊！我在夢中說過一句話是：「被貶到紅塵五百年，大概是一場遊戲；衝擊滄海三千里，就是逍遙。」醒來後講給琢堂聽，琢堂認爲句子很飄逸，值得朗誦。然而誰能領會這一層的意思呢？

原文 真定梁公①每語人：每晚家居，必尋可喜笑之事，與客縱談，掀髯大笑，以發舒一日勞頓鬱結之氣。此真得養生要訣也。

曾有鄉人過百歲，余扣其術。答曰：「余鄉村人，無所知。但一生衹是喜歡，從不知憂惱。」此豈名利中人所能哉。昔王右軍②云：「吾篤嗜種果，此中有至樂存焉。我種之樹，開一花，結一實，翫之偏愛，食之益甘。」右軍可謂自得其樂矣。放翁夢至僊館，得詩云：「長廊下瞰碧蓮沼，小閣正對青蘿峰。」便以爲極勝之景。余居禪房，頗擅此勝，可傲放翁矣。

註釋 ①眞定梁公：梁清遠，字邇之，直隸眞定府（今河北正定）人，清初大臣。②王右軍：指王羲之，曾任右軍將軍，人稱「王右軍」。

譯文 眞定梁公經常對人說：每晚在家中，一定要找些可以笑的事情，與客人縱情談論，捋著鬍子大笑，把一天中勞苦困頓鬱悶糾結之氣發洩掉。這眞是得到了養生的要訣。

曾經有個老鄉活了一百多歲，我向他求教長壽的方法。他答道：「我是個鄉下人，甚麼都不知道。但是這一生中衹知道歡喜，從來沒嚐過憂愁煩惱的滋味。」這豈是名利中人能做到的。

從前王右軍說：「我特別喜歡種果樹，這裏面包含快樂的極致。我種的樹，開一朵花，結一個果實，賞翫時都十分喜愛，喫起來也覺得更甜。」王右軍可以說是自得其樂的人了。陸放翁曾經夢見自己到神僊的館舍去，得到幾句詩是：「長廊下瞰碧蓮沼，小閣正對青蘿峰。」他便以爲那是極爲優美的景致了。我住在禪房，對這種美很瞭解，面對陸放翁也可以很驕傲了。

原文 余昔在球陽①，日則步履於空潭、碧澗、長松、茂竹之側；夕則挑燈讀白香山、陸放翁之詩。焚香煮茶，延兩君子于坐，與之相對，如見其襟懷之澹宕，幾欲棄萬事而從之遊。亦愉悅身心之一助也。

余自四十五歲以後，講求安心之法。方寸之地，空空洞洞，朗朗惺惺，凡喜怒哀樂、勞苦恐懼之事，決不令之入。譬如製爲一城，將城門緊閉，時加防守，惟恐此數者闌入[2]。近來漸覺闌入之時少，主人居其中，乃有安適之象矣。

養身之道，一在慎嗜欲，一在慎飲食，一在慎忿怒，一在慎寒暑，一在慎思索，一在慎煩勞。有一於此，足以致病。安得不時時謹慎耶！

註釋 ①球陽：《球陽記事》是琉球國官修編年史書，蔡溫等編纂，於乾隆十年（一七四五年）初步完成。此處代指琉球國。②闌入：擅自進入不該進入的地方。

譯文 我當年在琉球的時候，白天就到空明澄澈的潭水邊、綠色的山澗中、高大的松林裏、茂密的竹林旁散步；傍晚就在燈旁讀白香山、陸放翁的詩。焚香煮茶，請兩位君子同坐，與他們相對，就好像看到他們襟懷的沖淡開闊，幾乎就要放棄所有的事情隨他們去遊歷了。這也是有助於愉悅身心的事。

我自從四十五歲以後，講究尋求使身心安定的方法。心祗是方寸大小的地方，空空洞洞的，明朗清醒，所有的喜怒哀樂、勞苦恐懼之事，堅決不讓進入。就好像造一座城，將城門緊緊關上，時刻嚴加防守，就擔心這幾種事情擅自闖入。近來漸漸感覺擅自闖入的少了，主人在裏面住著，就有了安閒舒適的氣象了。

養生的方法，一個是謹慎地對待嗜好和欲望，一個是謹慎地對待飲食，一個是謹慎地對待忿怒的情緒，一個是謹慎地對待寒冷和酷熱，一個是謹慎地思索，一個是謹慎地對待煩惱和疲勞。有一條做不到，就足以導致疾病的發生。怎麼能不時刻謹慎呢！

原文 張敦復①先生嘗言：「古之讀《文選》而悟養生之理，得力於兩句，曰：『石蘊玉而山輝，水含珠而川媚。』」此真是至言。嘗見蘭蕙、芍藥之蒂間，必有露珠一點，若此一點爲蟻蟲所食，則花萎矣。又見筍初出，當曉，則必有露珠數顆在其末，日出，則露復斂而歸根，夕則復上。田間②有詩云「夕看露顆上梢行」，是也。若侵曉③入園，筍上無露珠，則不成竹，遂取而食之。稻上亦有露，夕現而朝斂，人之元氣全在乎此。故《文選》二語，不可不時時體察。得訣固不在多也。

余之所居，僅可容膝，寒則溫室擁雜花，暑則垂簾對高槐。所自適於天壤間者，止此耳。然退一步想，我所得於天者已多，因此心平氣和，無歆羨，亦無怨尤。此余晚年自得之樂也。

註釋 ①張敦復：張英，字敦復，號圃翁，清初大臣，張廷玉之父。

②田間：錢澄之，初名秉鐙，字飲光，號田間老人，明末文學家。

③侵曉：拂曉。

譯文 張敦復先生曾經說：「古人讀《文選》而領悟了養生的道

理，主要是從兩句話中得來的，這兩句說的是：『石蘊玉而山輝，水含珠而川媚。』」這眞是至理名言。我曾見過蘭蕙、芍藥的蒂，發現一定會有一點露珠，如果這一點露珠被蟻蟲喫掉了，花就會枯萎了。又見剛剛長出的竹筍，在清晨，末梢上一定有幾顆露珠，日出後，露珠又重新收斂回到根部，傍晚又到末梢上。田間有首詩說「夕看露顆上梢行」，說的就是這種現象。如果在拂曉就進入園子，竹筍上沒有露珠，這棵竹筍就長不成竹子，於是可以挖出來喫掉。稻子上也有露珠，傍晚出現而早上收斂，人的元氣全在這裏。所以《文選》中那兩句話，不能不時刻體察。得到要訣本來就不在於多而在於精。

我住的地方，衹能容下雙膝，寒冷時就把屋子弄暖和些並擺放雜花，天氣熱就垂下簾幕對著高大的槐樹。能夠在天地間自動適應的人，也僅此而已。不過退一步想，我從老天那裏得到的已經很多了，所以纔能心平氣和，不羨慕甚麼，也不怨恨甚麼。這是我晚年自己得到的快樂。

原文 圃翁曰：「人心至靈至動，不可過勞，亦不可過逸，惟讀書可以養之。」閒適無事之人，鎮日不觀書，則起居出入，身心無所棲泊，耳目無所安頓，勢必心意顛倒，妄想生嗔，處逆境不樂，處順境亦不樂也。古人有言：「掃地焚香，清福已具。其有福者，佐以讀書；其無福者，便生他想。」旨哉斯言！且從來拂意之事，自不讀書者見之，似爲我所獨遭，極其難堪。

譯文 張圃翁說過：「人的心是極有靈性和活力的，不能過於勞累，也不能過於安逸，祇有讀書可以怡養。」閒適沒有事情做的人，整天不看書，那麼無論是起床睡覺還是出來進去，他的身心都沒有棲息停泊的地方，耳目也沒有安頓的地方，勢必會心意顛倒，產生妄想，生出許多貪嗔之念，處於逆境時不高興，處於順境時也不高興。古人說過：「掃地焚香，已經擁有清閒的福分了。有福的人，再以讀書來輔佐一下；無福之人，就會生出其他的妄想。」這些話說得眞好啊！況且向來不如意之事，從不讀書人的角度來看，感覺好像祇有自己遇到了，極其難以忍受。

原文 不知古人拂意之事，有百倍於此者，特不細心體驗耳！即如東坡先生，歿後遭逢高孝，文字始出，而當時之憂讒畏譏，困頓轉徙潮惠之間，且遇跣足①涉水，居近牛欄，是何如境界？又如白香山之無嗣，陸放翁之忍飢，皆載在書卷。彼獨非千載聞人？而所遇皆如此。誠一平心靜觀，則人間拂意之事，可以渙然冰釋。若不讀書，則但見我所遭甚苦，而無窮怨尤嗔忿之心，燒灼不靜，其苦爲何如耶？故讀書爲頤養第一事也。

註釋 ①跣足：光著腳。

譯文 卻不知古人遇到的不如意之事，有的要嚴重數百倍，祇是沒有細心體驗罷了！就像東坡先生，去世後纔得到大家的認可，他的文字才開始出現在世人面前，然而活著時的憂慮讒言擔心飢餓，困苦勞頓輾轉於潮州和惠州之間，並且光著腳趟水，住處挨著牛欄，是怎樣的境界啊？又像白香山沒有兒子，陸放翁經常挨餓，都記載在書卷中。他們難道不是千載留名的人嗎？然而他們的遭遇都是這樣。真正將靜下心來看，那麼人間不如意的事情就可以像冰一樣一下子溶化了。如果不讀書，那麼祇能看見自己的遭遇十分痛苦，而無窮的怨尤嗔忿之心，燒灼著不能安靜，那樣的痛苦會怎麼樣呢？所以讀書是頤養天年的第一件大事。

原文　吳下有石琢堂先生之城南老屋。屋有五柳園，頗具泉石之勝，城市之中，而有郊野之觀，誠養神之勝地也。有天然之聲籟，抑揚頓挫，蕩漾余之耳邊。群鳥嚶鳴林間時，所發之斷斷續續聲，微風振動樹葉時，所發之沙沙簌簌聲，和清溪細流流出時，所發之潺潺淙淙聲。余泰然仰臥於青蒽可愛之草地上，眼望蔚藍澄澈之穹蒼，真是一幅絕妙畫圖也。以視拙政園，一喧一靜，真遠勝之。

譯文　吳下那個地方有石琢堂先生在南城的老房子。房前有五柳園，有頗值得一看的山泉怪石的景觀，在城市裏卻有郊外曠野的景觀，真的是修養心神的好地方。這裏可以聽到天然的聲音，抑揚頓挫，在我的耳邊蕩漾。成群的鳥在林間嚶啼鳴叫的時候，所發出的是斷斷續續的聲音，微風振動樹葉的時候，所發出的是沙沙簌簌的聲音，還有清溪的細流流出的時候，所發出的是潺潺淙淙的聲音。我泰然自若地仰臥在青蒽可愛的草地上，眼望著蔚藍澄澈的穹蒼，真是一幅絕妙的畫圖。以此來比較蘇州的拙政園，一個喧鬧一個安靜，這裏要遠遠勝出。

原文 吾人須於不快樂之中，尋一快樂之方法。先須認清快樂與不快樂之造成。固由於處境之如何，但其主要根苗，還從己心發長耳。同是一人，同處一樣之境，甲卻能戰勝劣境，乙反爲劣境所征服。能戰勝劣境之人，視劣境所征服之人，較爲快樂。所以不必歆羡他人之福，怨恨自己之命。是何異雪上加霜，愈以毁滅人生之一切也。無論如何處境之中，可以不必鬱鬱，須從鬱鬱之中，生出希望和快樂之精神。偶與琢堂道及，琢堂亦以爲然。

譯文 我們要在不快樂當中，尋找一種快樂的方法。首先要認識清楚快樂和不快樂是怎樣造成的。這固然是由於所處環境是怎樣的纔造成的，但是其中主要的根苗，還是從自己的心中發現生長起來的。同樣是一個人，同樣處於相同的環境，甲卻能戰勝惡劣的環境，乙反而被惡劣的環境所征服。能戰勝惡劣環境的人，與被惡劣環境所制服的人相比，就更快樂一些。所以沒有必要羨慕別人的福分，怨恨自己的命運。這種怨恨與雪上加霜沒有不同的地方，是更會使人的一生毀滅的東西。無論在甚麼樣的處境裏，都可以不必鬱鬱寡歡，一定要從抑鬱的情緒中生發出希望和快樂的精神。我與琢堂說到此事，琢堂也覺得很對。

原文 家如殘秋，身如昃①晚，情如剩煙，才如遺電，余不得已而遊於畫，而狎於詩，豎筆橫墨，以自鳴其所喜。亦猶小草無聊，自矜其花，小鳥無奈，自矜其舌。小春之月，一霞始晴，一峰始明，一禽始清，一梅始生，而一詩一畫始成。

與梅相悅，與禽相得，與峰相立，與霞相揖，畫雖拙而或以爲工，詩雖苦而自以爲甘。四壁已傾，一瓢已敝，無以損其愉悅之胸襟也。

圃翁擬一聯，將懸之草堂中：「富貴貧賤，總難稱意，知足即爲稱意；山水花竹，無恒主人，得閒便是主人。」

註釋

①昃：太陽偏西。

譯文

家就像殘留的秋天，身體就像夕陽快要落山時的傍晚，情就像剩餘的煙，才華就像飛奔的閃電，我不得已纔在畫中暢遊，從詩中尋求快樂，用文墨來寫字，把自己的喜愛表達出來。也就像小草無聊的時候，爲自己的花色感到驕傲，小鳥沒有辦法，爲自己的聲音感到驕傲。初春時節，一片雲霞開始晴朗，一座山峰開始明豔，

一群禽畜開始清醒，一枝梅花開始發芽，而一首詩、一幅畫也開始成型。與梅花互相愉悅，與禽畜相互適應，與山峰相對而立，與雲霞相互輝映，畫雖然樸拙有時也認爲很工巧，詩句雖然苦澀自己也覺得甘甜。房屋的四壁已經傾頹，家中的碗瓢已經破損，這些都不能損傷快樂的胸襟。

張圃翁作過一副對聯，並將其懸掛在草堂中：「富貴貧賤，總難稱意，知足即爲稱意；山水花竹，無恒主人，得閒便是主人。」

原文

其語雖俚，卻有至理。天下佳山勝水、名花美竹無限。大約富貴人役於名利，貧賤人役於飢寒，總鮮領略及此者。能知足，能得閒，斯爲自得其樂，斯爲善於攝生也。

心無止息，百憂以感之，衆慮以擾之，若風之吹水，使之時

起波瀾，非所以養壽也。大約從事靜坐，初不能妄念盡捐，宜注一念，由一念至於無念，如水之不起波瀾。寂定之餘，覺有無窮恬淡之意味，願與世人共之。

譯文

這些話雖然很通俗，卻包含了極致的道理。天下有數不清的佳山勝水、名花美竹。大概富貴的人被名利所奴役，貧賤的人被飢寒所奴役，總是很少有人能領略到世界有無限美好的東西這個道理。能知足，能得到閒適，就是自得其樂，就是善於養生了。心尚未停止跳動的時候，會感受到各種憂傷，會被各種憂慮干擾，就像風吹拂水面，使水面起了波瀾，這不是養生長壽之道啊。大體來說，安靜地坐著，起初還不能讓所有的妄念都消失，應該專注於一個念頭，由一個念頭達到沒有念頭，就像水不起波瀾。寂靜入定後，覺得有無窮無盡的恬淡意味，希望與世上的人共用。

原文

陽明先生[1]曰：「祇要良知真切，雖做舉業，不爲心累。且如讀書時，知強記之心不是，即克去之；有欲速之心不是，即克去之；有誇多鬥靡之心不是，即克去之。如此，亦祇是終日與聖賢印對，是個純乎天理之心。任他讀書，亦祇調攝此心而已，何累之有？」錄此以爲讀書之法。

湯文正公[2]撫吳時，日給惟韭菜。其公子偶市一雞，公知之，責之曰：「恐有士不嚼菜根，而能作百事者哉？」即遣去。奈何世之肉食者流，竭其脂膏，供其口腹，以爲分所應爾；不知甘脆肥膿，乃腐腸之藥也。大概受病之始，必由飲食不節。儉以養廉，澹以寡欲。安貧之道在是，卻疾之方亦在是。余喜食蒜，素不貪屠門之嚼，食物素從省儉。自芸娘之逝，梅花盒亦不復用矣，庶不爲湯公所呵乎！

註釋 ①陽明先生：王守仁，字伯安，號陽明子，世稱陽明先生，故又稱王陽明，浙江余姚人，明代思想家、哲學家、文學家和軍事家，陸王心學之集大成者。②湯文正公：湯斌，字孔伯，別號荊峴，晚號潛庵，河南睢州人，清初理學家，謚文正。

譯文 陽明先生說：「衹要良知眞實確切，即使做參加科舉考試，也不會爲內心帶來負擔。況且讀書的時候，知道強迫自己記在心裏是不對的，就除掉它；產生了想要儘快實現的心思是不對的，就除掉它；產生了吹噓鬥富的心思是不對的，就除掉它。這樣一來，也就是整天與聖賢互相印證對比，就是純粹符合天理的人心

了。任憑他去讀書，也衹是調劑統攝這樣的心而已，有甚麼負擔呢？」我錄下這段話，作爲讀書的方法。

湯文正公任江蘇巡撫時，每天供應的衹有韭菜。他的公子偶然買了一次雞，他知道了，就責備說：「你見過有人不能喫菜根，卻能做好其他事情的嗎？」隨即令公子把雞拿走。無奈世上喫肉的人，竭力搜刮動物的脂膏，滿足自己的口腹之欲，還認爲這是他分內應該得到的；卻不知道甜脆肥膩是使腸子腐爛的毒藥。大概人們剛剛染上疾病時，一定是因爲飲食不節制。節儉可以培養廉潔的品格，淡泊可以清心寡欲。在貧困中也能安樂的途徑就在這裏，抵禦疾病的途徑也在這裏。我喜歡喫蒜，從來都不貪戀屠戶門裏的食物，在喫東西方面從來都很節儉。自從芸娘去世，梅花盒也不再

使用了，差不多可以不被湯公呵斥了吧！

【原文】留侯①、鄴侯②之隱於白雲鄉③，劉、阮、陶、李之隱於醉鄉，司馬長卿以溫柔鄉隱，希夷先生④以睡鄉隱，殆有所託而逃焉者也。余謂白雲鄉，則近於渺茫；醉鄉、溫柔鄉，抑非所以卻病而延年；而睡鄉爲勝矣。妄言息躬，輒造逍遙之境；靜寐成夢，旋臻甜適之鄉。余時時稅駕⑤，咀嚼其味，但不從邯鄲道上向道人借黃粱枕耳。

【註釋】①留侯：張良，字子房，漢初政治家、軍事家，西漢開國元勳，封留侯。②鄴侯：李泌，字長源，唐陝西京兆（今陝西西安）人。德宗時官至宰相，封鄴縣侯。③白雲鄉：傳說中神僊的住處。④希夷先生：陳摶，見前注。⑤稅駕：即解駕，停車，指休息或歸宿。稅，通「脫」。《史記・李斯列傳》：「物極則衰，吾未知所稅駕也。」

【譯文】留侯、鄴侯隱於白雲鄉，劉伶、阮籍、陶淵明、李白隱於醉鄉，司馬相如隱於溫柔鄉，希夷先生隱於睡鄉，大概是有所寄託而逃到那裏的。我所說的白雲鄉，是近乎渺茫的；醉鄉、溫柔鄉，也不是能夠延年益壽的；而睡鄉是最好的了。狂妄的言論都止息，就能夠造就逍遙的境界；安靜地進入夢鄉，很快就能到達甜美安適的境界。我經常休息，咀嚼其中的滋味，但是沒有從邯鄲道上向道人借黃粱夢的枕頭而已。

【原文】養生之道，莫大於眠食。菜根粗糲，但食之甘美，即勝於珍饌也。眠亦不在多寢，但實得神凝夢甜，即片刻，亦足攝生也。放翁每以美睡爲樂。然睡亦有訣。孫真人云：

「能息心，自瞑目。」蔡西山云：「先睡心，後睡眼。」此真未發之妙。禪師告餘，伏氣，有三種眠法：病龍眠，屈其膝也；寒猿眠，抱其膝也；龜鶴眠，踵其膝也。余少時，見先君子于午餐之後，小睡片刻，燈後治事，精神煥發。余近日亦思法之，午餐後，於竹床小睡，入夜果覺清爽。益信吾父之所爲，一一皆可爲法。

譯文 養生的途徑，沒有比睡眠和喫飯更重要的了。菜根很粗糙，但喫起來味道甜美，就勝過珍饈佳饌了。睡眠也不在於多，衹要確實精神凝聚夢的甘甜，即使衹有片刻，也足夠攝取生機了。陸放翁常因美美地睡一覺感到快樂。然而睡覺也有要訣。孫真人說：「能讓心神安息，自然閉上眼睛。」蔡西山說：「先讓心入睡，再讓

眼入睡。」這真是從來沒發現的妙處。禪師告訴我，伏氣，有三種睡眠方法：病龍眠，把膝蓋彎曲；寒猿眠，抱著膝蓋；龜鶴眠，腳跟抵住膝蓋。我年少時，見父親在午餐後就睡片刻，掌燈後處理事情，精神煥發。我近些天也想要做傚，午餐後在竹床上小睡，到了夜裏果然覺得神清氣爽。於是越來越相信我父親的做法，每一樣都能做傚。

原文 余不爲僧，而有僧意。自芸之歿，一切世味，皆生厭心；一切世緣，皆生悲想，奈何顛倒不自痛悔耶！近年與老僧共話無生，而生趣始得。稽首世尊，少懺宿愆。獻佛以詩，餐僧以畫。畫性宜靜，詩性宜孤，即詩與畫，必悟禪機，始臻超脫也。

【譯文】我不做僧人，卻懂得僧人的意趣。自從陳芸去世，我對於世上的一切滋味都產生了厭煩的心思；對於世上一切的緣分，都產生了悲觀的想法，無奈如此顛倒自己也不痛悔啊！近幾年和老僧人共同談論生命的無意義，反而開始獲得一些生趣。向世尊磕頭拜謝，稍微對從前進行懺悔。用詩獻給佛祖，將畫送給僧人。畫的品性應該肅靜，詩的品性應該獨立，就是說詩和畫都一定要悟到禪機，纔開始達到超脫的境界。

冊封琉球國記略《海國記》

【原文】嘉慶十三年[1]，有旨冊封琉球國王，正使爲齊太史鯤[2]，副使爲費侍御錫章[3]。吳門有沈三白名復者，爲太史司筆硯，亦同行。

二月十八日，出京。至閏五月二日，始從福建省城啟行登舟。舟長八丈餘，闊二丈餘，船身飾以黄色，上列旗幟甚多。次日，兩冊使奉節詔至，護送者爲福州左營副將吳公安邦[4]也，帶兵弁二百二十名，分撥兩舟，各帶炮位。冊使與從客共一舟，名曰頭船，上下柁工兵役共計四百五十餘人，各有腰牌爲照。

每日乘潮行一二十里。至十一日，始出五虎門，向東，一望蒼茫無際，海水作蔥綠色，漸遠漸藍。十一日（按：應爲「十二日」），過淡水。十三日辰刻，見釣魚臺，形如筆架。遥祭黑水溝，遂叩禱於天后，忽見白燕大如鷗，繞檣而飛，是日即轉風。十四日早，隱隱見姑米山，入琉球界矣。十五日午刻，遥見遠山一帶，如虬⑤形，古名流虬，以形似也。

註釋 ①嘉慶十三年：一八〇八年。②齊太史鯤：齊鯤，字澄瀛，福建福州人，嘉慶六年進士，任翰林編修，嘉慶十三年任冊封琉球正使。太史，明清時期對翰林的尊稱。③費侍御錫章：費錫章，字焕槎，浙江湖州人，乾隆四十九年（一七八四年）舉人，曾任江西、河南、四川、京畿道監察御史，嘉慶十三年任冊封琉球副使。侍御，指費錫章的官職監察御史。④吳公安邦：吳安邦，臺灣彰化人，嘉慶元年武進士，官至閩安副將。⑤虬：傳説中的一種有角的小龍，身形蜿蜒蟠曲。

譯文 嘉慶十三年，朝廷下旨冊封琉球國王，正史是翰林齊鯤，副使是御史費錫章。蘇州有個沈三白名復的人，做翰林的秘書，也一同前往。

二月十八日，衆人離開京城。到閏五月初二日，使團開始從福建省城啟程登船。船長八丈多，寬二丈多，船身以黄色裝飾，上面排列的旗幟非常多。第二天，兩名冊封使者捧著符節詔書抵達，護送的人是福州左營副將吳安邦，帶領兵勇二百二十名，分別安置在兩艘船上，各自設置炮位。冊封使者和隨從賓客共同乘坐在一艘船上，名叫頭船，上下舵的工匠、兵勇、僕役共有四百五十多人，各自有腰牌爲憑證。

每天乘著潮水行駛一二十里。到十一日，使團繞走出五虎門，向東行進，一眼望去蒼茫無邊，海水呈現蔥綠色，越遠的地方越藍。十二日，使團經過淡水。十三日辰時，使團見到釣魚臺，外形如同筆架。眾人向遠處的黑水溝致祭行禮，於是叩頭向天后祈禱，忽然看見有體型大得像海鷗的白燕，繞著桅杆飛，這一天風向就變了。十四日早晨，隱約見到姑米山，就進入琉球國境內了。十五日午時，望見遠方呈帶狀的山島，形狀如同虯龍，古時候稱這裏爲流虯，是因爲形狀相似。

原文

相距約三四十里，舟中昇炮三聲，俄見小艇如蟻，約數百號，隨風逐浪而來。先有一船，投帖送禮，有旗，旗上書「接封」二字。其頭接官爲紫巾大夫①。所引小艇，皆獨木爲之，長不盈丈，寬二尺許，兩艇並一，如比目魚，人施短棹，分兩行，挽引大船纜索，如蝦鬚然。有紅帽者，執旗鳴鑼，爲領隊押幫之秀才官也。未幾，又有鳴鑼而來者，爲二接之法司官，投銜貼請安。三接官爲國舅，率通事官②登舟參謁，冊使命辭免。

至其口，曰那灞港，南山屏列，北築石隄如長虹，以禦潮汐。堤首有小山如伏虎，設炮臺於上。封舟將到，即聞大炮三響，旋聞金鼓銅角之聲，萬人齊列。及進口，始見樂人排班，分左右行。前列紅邊黃旗兩面，大書「金鼓」二字，後列號筒二人，喇叭二人，鼓四人，鑼四人。但聞音韻悠揚中雜以角角咚咚，而已。兩岸聚觀者，以數萬計，男女莫辨。

註釋 ①紫巾大夫：琉球國的高級官員，從二品，頭戴紫綾巾，以金花銀柱簪束髮。②通事官：翻譯官。

譯文 距離岸邊大約三四十里的時候，船上鳴炮三聲，沒過多久就看見小艇像螞蟻一樣，大約幾百隻，乘風破浪駛來。最先的一艘船，投遞名帖贈送禮品，船上有旗幟，旗上寫著「接封」兩個字。頭接官是紫巾大夫。他所率領的小艇，都是用整根木頭製造的，長不過一丈，寬二尺左右，兩艘艇並在一起，就像比目魚，人們手持短槳，分成兩行，牽引著大船的纖繩，就像蝦的鬚子一樣。有戴紅帽子的人，手持旗幟敲鑼，是帶隊引路的秀才官。過了不長時間，又有敲鑼前來的人，是負責二接的法司官，投遞名帖請客人安坐。三接官是國舅，率領翻譯官登船拜見，冊封使者命令免禮。

到達該國的港口，叫那灞港，南面的山像屏風一樣排列，北面築起的石堤像長長的彩虹，來抵禦潮汐。堤首有一座小山像伏著的老虎，上面設置炮臺。冊封使者的船將要到來，就聽到大炮響了三聲，接著又聽到鑼鼓銅號的聲音，萬人整齊排列。等到船隻進入港口，就開始見到樂師按次序排列，分成左右兩行。前排有紅邊的黃旗兩面，寫著「金鼓」兩個大字，後排有吹號角的二人，吹喇叭的二人，敲鼓的四人，敲鑼的四人。衹聽到悠揚的音樂中參雜著角角咚咚的聲音罷了。兩側岸邊圍觀的人，有幾萬人，男男女女難以辨認。

原文 封舟身重不能抵岸，乃橫小船，架板作浮橋，以達封舟。岸上有屋三楹，額曰「卻金亭」，國王迎候於此，自稱琉球國世孫尚某，亦用紅手版，王冠烏紗帽，兩翅彎曲向上，衣元青①龍袍，金帶，皂靴，容貌清臞②，年僅二十二歲，跪迎於亭中。正使持節，副使捧詔，又聽昇炮三聲，乃登岸，奉節詔於龍亭③。天使④二人，皆乘八座⑤。至中途，有迎恩亭，國王設香案，率其衆官，行三跪九叩首接詔禮。禮畢，王前導，至天使館。正廳曰「敷命堂」，迎詔敕奉安正中，天使立左右，王率衆官行請聖安禮，然後與天使行賓主禮，就坐三獻茶，即辭去。天使送庭下，王揖讓，亦乘八座回宮。

註釋 ①元青：即「玄青」，青黑色。康熙帝名玄燁，清代爲避其諱，改「玄」爲「元」。②清臞：清瘦。③龍亭：放置天子詔書的龍紋轎子。④天使：朝廷的使者。⑤八座：八人抬的轎子。

譯文 冊封使者的船隻船身太重不能抵達岸邊，對方就乘小船，架設木板爲浮橋，來抵達冊封使者的大船。岸上有三列屋子，匾額寫著「卻金亭」，國王就在這裏迎候，自稱琉球國世孫尚某，也使用紅色手版，他頭戴烏紗帽，兩翅彎曲向上，身穿青黑色龍袍，繫金帶，踏黑靴，容貌清瘦，年僅二十二歲，在亭中跪著迎接。正使手持符節，副使手捧詔書，又聽到禮炮三聲，纔登上海岸，將符節和詔書供奉在龍亭裏。朝廷的使者二人，都乘坐八抬大轎。在途中，有迎恩亭，國王設置香案，率領他的衆官員，行三跪九叩的接詔書大禮。禮儀完畢，國王在前面引導，來到天使館。正廳叫「敷命堂」，國王迎接詔書安放在大廳正中，朝廷的使者站立在左右，國王率領眾官員行請聖安禮，然後和朝廷的使者行賓主禮，就坐後三次獻茶，就告辭離去了。朝廷的使者送到庭院下，國王作揖辭讓，也乘坐八抬大轎回到王宮。

原文 十六日，迎天后進天后宮。天使出館，各廟拈香答拜國王。回館，於大堂昇座，護送武弁，率水師兵披甲擺隊進參，示威遠也。

天使館制悉倣中華，前列旗竿二，旗上大書「冊封」二字。旁設吹鼓亭，每日辰、午、酉三時奏樂三通，排對中門而立，金鑼畫角①，一如迎舟之樂，奏畢，各散去。東西兩轅門外，俱鋪白沙，瑩白如雪。儀門內即敷命堂，堂後有穿堂

至第四進後堂。堂之東，有樓曰「長風閣」，爲正使起居之地，其西則居副使，登樓皆可遠眺。其兩廡東西二十間，隨從諸人居之。館之周圍牆垣甚厚，皆礪石②，石多縐紋③，有小孔，形如骷髏。牆頂植草，葉如萵苣，不土而生，秋冬長茂。

註釋 ①畫角：樂器名，形似號角，用竹木或皮革製成，畫以彩繪。②礪石：粗礪的石頭。③縐紋：皺紋。

譯文 十六日，琉球國迎接天后進天后宮。朝廷的使者走出天使館，到各廟拈香答拜國王。回到天使館，使者在大堂登上正座，護送的兵勇，率領水師兵卒身披鎧甲列隊進館參見，是爲了向遠方的人顯示威儀。

天使館格局都倣照中華，前面排列兩根旗杆，旗上寫著「冊封」兩個大字。旁邊設置吹鼓亭，每天辰時、午時、酉時三個時刻奏樂三遍，樂師排列面向中門站立，金鼓和畫角，一切都像迎接使者船隊的樂曲，演奏完畢，各自散去。東西兩處轅門之外，都鋪著白沙，晶瑩白淨如同積雪。儀門之內就是敷命堂，堂後有穿堂直到第四進後堂。堂的東邊，有一座樓叫「長風閣」，是正使起居的地方，西邊就是副使的住處，登上閣樓都可以向遠處眺望。兩側廊屋有東西二十間，隨從等人住在那裏。天使館周圍的院牆很厚，都是粗礪的石頭，石頭有很多褶皺，有小孔，外形像骷髏。圍牆頂端種草，葉子像萵苣，沒有土卻能生長，秋冬季節生長得更茂盛。

原文

至七月朔日①，將舉行追封御祭禮儀。從官四人，一爲捧詔官，一爲捧節官，一爲宣詔官，一爲捧帛官。先一日，通事官呈儀制，備輿馬，請從官至先王廟演禮②。輿如鶴籠，編篾爲之，外施黑漆，内糊白紙，頂有大環，一木爲扛，離地僅五寸許。人由左入，盤膝而坐。亦設靠墊、痰盂、煙具於其中。馬如小駒，剪鬃如驢，性甚劣，一馬需一人挽之。鞍韉踏蹬，與中國稍異，起步細碎，如小川馬。

已刻，出東轅門，過聖廟，東南行三里許，至安里橋，皆平坦。過橋數武③，即所謂先王廟者，山形環抱，廟居其中，蔭木森森，葉似柿而色深綠，曰波羅蜜樹。東西有朱漆坊，中爲三圈門，平其頂而無匾額。拾級而上，有堂三楹，設天使與國王坐位於中。再入後堂，即爲先王殿。殿五楹，兩廡十餘間，殿中神主④前設三御案，中爲奉節案，左爲奉詔案，右爲奉帛案。殿西簷下，設開讀臺，東南向。

註釋 ①朔日：每個月的初一日。②演禮：演習禮儀。③武：半步，泛指腳步。古時候以六尺爲一步，以半步爲一武。④神主：供奉祖先或死者的木牌位。

譯文 到七月初一日，將要舉行追封御祭禮儀。使者的從官有四人，一個是捧詔官，一個是捧節官，一個是宣詔官，一個是捧帛官。先前一天，翻譯官呈上禮儀規則，準備轎子和馬匹，請從官到先王廟演習禮儀。轎子就像鶴籠，用竹條編成，外面刷黑漆，裏面糊白紙，頂上有大環，用一根木頭扛著，離地衹有五寸左右。人從左側進入，盤腿坐下。裏面也陳設著靠墊、痰盂、煙具。馬像小馬駒一

樣，鬃毛修剪得像驢，性情很頑劣，一匹馬需要一個人拉著。馬鞍和馬鐙，和中國稍有不同，步伐細碎，像小川馬。

巳時，從官走出東轅門，經過聖廟，向東南行進三里左右，來到安里橋，一路都很平坦。過橋走了幾步，就到了對方所説的先王廟，群山環抱，廟居處其中，林蔭繁茂，葉子像柿子而顏色呈深綠，叫菠蘿蜜樹。東西兩側有朱漆坊，中間是三圈門，屋頂平坦而沒有匾額。沿著臺階走上去，有三列堂屋，在中間設置朝廷使者和國王的座位。再進入後堂，就是先王殿。殿有五列，兩側廊屋十幾間，殿中神主的前面擺設三張御案，中間是奉節案，左邊是奉詔案，右邊是奉帛案。殿西屋簷下，陳設開讀臺，朝向東南。

原文 至次日辰刻，天使出館，詣各廟拈香。返，三法司及

衆夷官備龍亭、彩亭、金鼓儀仗，集館門外。候啟門，奏樂、參謁畢，迎龍亭、彩亭入，正使捧節，副使捧詔，皆朝服，從官亦五品蟒服，趨①向天使，恭接節、詔、幣、帛，各安亭中，左右立。階下樂作，引禮官唱排班，衆夷官皆跪，行九叩禮。昇炮，夷官前導，排全副儀仗，皆中國兵丁爲之，著號衣騎馬者，約百餘對。其後則鹵簿②，彩亭先行，龍亭在後。從官佐使，皆張紅蓋乘馬隨於龍亭之後。兩天使皆八座，道旁男女聚觀者，循高就下，疊砌如鱗，而聲息寂然，但聞馬蹄蹀躞③而已。

註釋 ①趨：小步快走。禮制規定，下級見上級要小步快走，以示敬畏。②鹵簿：天子出行時扈從的儀仗隊，這裏指冊封使者的扈從。③蹀躞：小步走路。

譯文 到第二天辰時，朝廷使者走出天使館，來到各廟拈香。返回時，三法司和各夷官準備好龍亭、彩亭、金鼓儀仗，聚集在天使館門外。等到開門時，演奏音樂，參謁結束，迎接龍亭、彩亭進入，正使捧著符節，副使捧著詔書，都身穿朝服，從官也穿五品蟒服，向朝廷使者快步走來，恭敬地接過符節、詔書、財幣、絲帛，各自安放在亭中，在左右站立。臺階下音樂聲響起，引禮官大聲宣佈次序，各夷官都跪下，行九叩禮。鳴炮，夷官在前面引導，排列者全部手持儀仗，都由中國兵丁充任，穿號衣騎馬的人，大約一百多對。後面就是使者的扈從，彩亭走在前面，龍亭走在後面。從官佐使，都大張紅色傘蓋騎馬跟在龍亭後面。兩位朝廷使者都乘坐八抬大轎，道路兩旁圍觀的男男女女，從高處順坡往下走，像魚鱗一樣層疊排列，而聲音卻很安靜，衹能聽見馬蹄小步走路的聲音而已。

原文　至安里橋，國王紫袍紗帽，率衆官迎伏道左。暫駐龍亭，王與衆官平身，兩使降輿，趨前，分立龍亭左右，引禮官唱排班，國王及衆官行三跪九叩接詔禮。禮畢，國王衆官步行前導，至廟門，由東圈門進立堂下。天使出，下轎，從官亦下馬，扶龍亭，由中門入，至庭中，捧節官授節與正使，捧招官授詔與副使，隨行至先王殿，各奉節詔於所設之御座上，退立東墀①，西向。宣詔官立開讀臺下，東向。兩廡奏樂，引禮官引國王，由東階詣香案前，北向。司香者跪，進香於國王，王亦跪，三上香訖，復引至墀下，王與衆官各就拜位，行三跪九叩首拜詔禮。禮畢，樂止，退立東廡世子神位前，西向。又起樂，天使捧節詔正中立，捧詔官由東墀趨接詔書，即由中門高舉，下階，黃傘蓋之，上開讀臺，宣詔官隨至臺中香案下。樂止，引禮唱跪，國王及衆官皆北向跪，俯伏於世子神位下。引禮官唱開讀，宣詔官就香案正中朗聲宣詔。宣畢，仍捧詔下臺，張黃蓋，由中門入，授副使，仍安御座。引禮官引國王衆官各就拜位，再行三跪九叩謝封禮。引禮官唱退班，國王入廟，請天使暫憩，更衣，獻茶。

註釋　①墀：臺階上的平地。

譯文　來到安里橋，國王穿戴紫袍紗帽，率領衆官員伏在道路左側迎接。使團暫時讓龍亭停駐在這裏，國王和衆官員起身，兩位使者下轎，快步向前，分別站立在龍亭左右兩側，引禮官高聲宣佈位次，國王和衆官員行三跪九叩的接詔禮。禮儀完畢，國王和衆官員步行在前面引導，來到廟門，從東圈門進入站立在堂下。朝廷使者出去，下轎，從官也下馬，手扶龍亭，從中門進入，到庭院裏，捧節官把符節交給正使，捧詔官把詔書交給副使，隨行到先王殿，使者各自把符節和詔書供奉在設好的御座上，退後站立在東階的平地上，面向西。宣詔官站立在開讀臺下，面向東。兩側廊屋演奏音樂，引禮官引導國王，從東階來到香案前，面向北。管理香燭的人跪下，向國王進香，國王也跪下，三次上香完畢，又來到臺階上的平地，國王和衆官員各自到規定的拜位上，行三跪九叩首拜詔禮。禮儀完畢，音樂停止，國王退到東廊屋世子的神主前站立，面向西。音樂又響起，朝廷使者捧著符節和詔書在正中站立，捧詔官從東階的平地上快步接過詔書，就從中門高舉著，走下臺階，由黃傘蓋罩著詔書，上開讀臺，宣詔官隨行到臺中的香案下。音樂停止，引禮官高聲宣佈跪下，國王和衆官員都面向北方跪下，跪伏在世子的神主下麵。引禮官高聲宣佈開始讀詔書，宣詔官靠近香案正中大聲宣讀詔書。宣讀完畢，他仍然捧著詔書下臺，張開黃傘蓋，從中門進入，交給副使，仍然安放在御座上。引禮官引導國王和衆官員各自到規定的拜位上，再次行三跪九叩謝封禮。引禮官高聲宣佈按次序退出，國王進入廟中，請朝廷的使者暫時休息一下，更換衣服，進獻茶水。

原文　追封禮畢，國王易皂袍、角帶①，出至先王神位前，天使復分立御案如前儀，法司官請詔書、祭文供奉廟中，天使乃詣先王神位前，行一跪三叩禮，國王及衆官俱俯伏位側。禮畢，引禮官唱退班，國王捧先王神主，由東階入殿，供奉畢，向天使行謝封禮，一跪三叩，天使答拜。

御祭禮畢，國王又易服，天使亦更衣，俱至前堂，行相見安坐禮。天使居中，南向。國王居西，東北向。不設樂，茶酒皆親獻，天使辭謝。紫巾大夫代獻，天使酬獻，國王亦起辭謝。各就宴，從官則宴於西廡。酒饌皆秀才官跪而獻之，法司官旁席爲陪宴。宴既畢，國王前導，仍至御案前，正使奉節授捧節官安置龍亭内。天使行至階下，與王揖別，從官亦與法司官揖別。出廟門，國王衆官已先行，至安里橋下，候龍亭至，俱跪送，天使降輿揖，回館。

是晚，國王遣官叩謝。其明日，天使亦遣巡捕官入王府答謝。

註釋　①角帶：一種用較硬的棉麻混織面料做成的腰帶，多用於和服、琉服。

譯文　追封禮儀完畢，國王更換黑袍、角帶，出門來到先王的神位前，朝廷使者像此前的禮儀一樣重新站立在御案前，法司官請求將詔書、祭文供奉在廟中，朝廷使者於是來到先王神主前，行一跪三叩禮，國王和衆官員都俯伏在神主兩側。禮儀完畢，引禮官宣佈按次序退出，國王捧著先王神主，從東階進入殿中，供奉完畢，向朝廷使者行謝封禮儀，一跪三叩，朝廷使者答拜。

御祭禮儀完畢，國王又改換服裝，朝廷使者也更換衣服，都來到前堂，行相見安坐禮。朝廷使者在中間，面向南。國王在西邊，面向東北。不演奏樂曲，茶酒都由國王親自進獻，朝廷使者辭讓感謝。紫巾大夫代爲進獻茶酒，朝廷使者回敬茶酒，國王也起身辭讓感謝。各自按座位入宴席，從官在西邊廊屋宴飲。酒菜都由秀才官跪下進獻，法司官在旁邊的座位陪同宴飲。宴飲結束，國王在前面引導，仍然到御案前，正使捧著符節交給捧節官安置在龍亭裏。朝廷使者走到臺階下，和國王作揖道別，從官也和法司官作揖道別。走出廟門，國王和衆官員已經率先離開，到安里橋下，等候龍亭到來，都跪下送別，朝廷使者下轎作揖，回到天使館。

當天晚上，國王派官員叩頭謝恩。第二天，朝廷使者也派巡捕官進入王府答謝。

原文

至七月二十六日，始行冊封大典。前一日，從官先往王府演禮，由先王祠内東度二小嶺，行於山脊，路尚平坦，民居嶺下，田園繡錯[1]，竹樹陰森。行三四里，始見高牌坊一座，上大書「中山」二字。過此百步，又一牌坊，大書「守禮」二字。路之中心，築方石臺，上植鐵樹一叢，以爲來龍[2]。隨見萬木排空，牆垣密佈，最高處宮殿巍峨，已至中山王府矣。

府門西向，上有敵樓[3]。進門折南，漸高數級，有門北向。旁有一泉，鑿龍首嵌石中，泉從龍吻噴射而出，此中山之瑞脈也，名曰瑞泉。上有門，即名瑞泉門，門上有滴漏臺。

再折向東進第三門，平坦廣闊，並列三門，南向，勢甚雄壯。進門即爲王殿，有一甬道，甚寬廣，鋪紫色石大方磚。又進而爲正殿，五間，臺階寬丈余，約高五尺許，以白石欄圍之，分坡級爲三道，而正中坡級兩旁豎盤龍石柱一對。殿中無寶座，而有一臺，高僅尺許，曰臨政臺，圍以朱漆欄，亦鋪腳踏綿，與庶民居室相等。後設金圍屏一座，其上即御書樓，凡中國大皇帝歷次所賜匾額，盡懸於上。兩旁便殿廊房，東西各三統間，爲天使宴飲之所，亦將歷來冊使所送之額，懸掛兩旁。啟其後窗，可以觀海，彩梁朱柱，古樸而華。臺階之中，另起御案三座。東首西向設開讀臺，高丈餘。甬道之中，設國王拜位，以草席爲之，四周鑲紅邊而已。

註釋 ①繡錯：像錦繡一樣參差交錯。②來龍：風水術語。堪輿家稱山勢爲龍，稱其起伏綿延的姿態爲龍脈，來龍指龍脈的來源。③敵樓：城牆上用於禦敵瞭望的塔樓。

譯文 到七月二十六日，開始舉行冊封大典。前一天，從官先到王府演習禮儀，從先王祠裏向東越過兩座小山嶺，走到山脊上，道路尚且平坦，平民住在嶺下，田野園林像錦繡一樣交錯，竹林樹叢蔭鬱而茂密。走了三四里，就看到一座高大的牌坊，上面寫著「中山」兩個大字。穿過這裏再走一百步，又是一座牌坊，寫著「守禮」兩個大字。道路的中心，修築了一座方石臺，上面種植了一叢鐵樹，以此爲龍脈的來源。隨即看見數以萬計的樹木淩空高聳，四周牆壁密集排列，最高的地方宮殿高大雄偉，已經到中山王府了。王府大門朝向西方，上面有瞭望樓。進門後轉而向南，往高處走幾級臺階，就有一扇門向北開。旁邊有一眼泉水，鑿龍頭嵌在石頭裏，泉水從龍嘴裏噴射出來，這是中山國的祥瑞之脈，名叫瑞泉。上面有一扇門，就叫瑞泉門，門上有滴漏臺。再轉而向東進入第三扇門，裏面平坦廣闊，有並列的三扇門，向南開，氣勢非常雄壯。進門就是國王的大殿，有一條甬道，非常寬廣，鋪設紫色石頭做的大方磚。又往裏走就是正殿，有五間，臺階寬一丈多，大約高五尺左右，用白石欄杆圍繞，臺階分爲三道，正中的臺階兩旁豎立一對龍石柱。殿中沒有寶座，而有一座臺，高僅一尺左右，叫臨政臺，用紅漆欄杆圍繞，也鋪設了腳踏綿，和平民居室的一樣。後面陳設

一座金圍屏，上面就是御書樓，凡事中國大皇帝歷次所賞賜的匾額，都懸掛在上面。兩旁便殿的廊屋，東西各有三統間，是朝廷使者宴飲的地方，也把歷次冊封使者前來贈送的匾額，懸掛在兩邊。打開後窗，可以觀賞海景，五彩屋樑和紅漆柱子，古樸而華美。臺階中間，另設三座御案。東邊面向西方設置開讀臺，高一丈多。甬道之中，設置國王的拜位，使用草席，祇是四周鑲紅邊罷了。

【原文】至次日，天使隨文武官及從者至府，一如追封前儀。王九叩禮畢，宴天使於西便殿，從官賓客則宴於東便殿，獻茶、進酒亦如前儀。惟觀者之多，更盛於前，蓋忝①有該國文武官眷屬，設篷幕於路側。又有扶老攜幼者，合數萬人，真大觀也。

其明日，王又易冠服，如漢黄門官式樣，坐龍輦，中設朱漆描金座，用四杠，前後十六人，其輦高與簷齊，儀仗則用大方旗四對爲前導，繼則長杆刀六對、長杆槍六對。又有如月斧者、畫戟者，如狼牙槊者，十餘對，皆柄長丈餘。又有三簷紅傘一頂、金鼓樂人二起間其中。近輦，則有執長杆大雞毛帚四對、大翎毛扇一對、月扇一對、大兜扇一把、提爐二對。扶輦者，皆紫金大夫與都通事官②，步行隨之。又有童子裝束如紅衣人者，各執拂塵、團扇之屬，十餘輩，扶輦而行。王至使館，拜謝，亦如前儀。途中各設段落點綴，或編短籬而列盆花，或疊假山而栽松柏，像生③鹿鶴，紙紮群葩，目不暇給。

註釋 ①忝：辱，有愧，這裏引申爲榮幸。②都通事官：翻譯官的長官。③像生：倣照花鳥人物等天然產物製作的工藝品，多以草、絹等材料製成。

譯文 到第二天，朝廷使者隨文武官員和隨從來到王府，一切遵照此前的追封儀式。國王九叩大禮完畢，在西便殿宴請朝廷使者，從官和賓客就在東便殿宴飲，獻茶、進酒也遵照此前的禮儀。衹是圍觀的人數量之多，超過了此前的儀式，大概是有該國文武官員的家眷族屬榮幸地參與進來了，在路旁設置帳篷帷幕。又有扶老攜幼的人，總計幾萬人，場面真是壯觀。

第二天，國王又改換衣冠，像漢家黄門官的式樣，乘坐龍輦，中間設有紅漆描金座，用四根杠抬起，前後有十六個人，龍輦的高度和屋簷平齊，儀仗隊使用四對大方旗爲前導，緊跟著是六對長杆刀、六對長杆槍。又有像月斧的、像畫戟的，還有像狼牙槊的，共十幾對，柄都長達一丈多。又有一頂三簷紅傘、兩名金鼓樂師居處其中。靠近龍輦的位置，有人手持四對長杆大雞毛帚、一對大翎毛扇、一對月扇、一把大兜扇、兩對提爐。扶輦的人，都是紫巾大夫和總翻譯官，步行跟隨龍輦。又有穿著打扮像紅衣人的童子，各自手持拂塵、團扇之類，有十幾個人，扶輦行走。國王來到天使館，拜謝冊封，也像此前的儀式一樣。途中各處設置的段落點綴，有的編短籬笆而陳列盆花，有的堆疊假山而栽種松柏，手工製作的鹿和鶴，用紙紮成的各種花卉，眼睛都看不過來。

原文 舊例，國王逢五日，遣官請安，十日，王親謁，天使辭謝，再三，乃逢十遣國相參謁。其儀制，天使設公座於堂，國相三法司行禮，天使出位旁立，拱手。紫巾大夫則正立，餘皆端坐，聽其叩首而退，從官之相見各長揖①而已。

案《琉球國傳》，自漢時天孫氏以來，皆姓尚氏，直至明洪武初，始奉中國正朔②。其國本有南、北、中三王，本朝初年始並爲一。其地皆山而無高峰，亦無城郭，其國境約寬數百里，中分三府，國王所居曰首里府，亦名守禮府，掌國大臣多居此。次曰久米府，永樂間遷中華人至彼，教以文學，有二十四姓，世居於此，掌理文牘，猶中國之翰林院也。三曰那霸府，皆商賈所居。國中仕宦者，皆世官世祿，雖從唐制以詩取士，應考其實皆縉紳③子弟也。

註釋 ①長揖：拱手高舉鞠躬行禮。②正朔：帝王頒行的曆法。每年的第一月叫「正」，每月的第一天叫「朔」，新朝代建立，帝王就要改正朔，其藩屬國也使用這一曆法，以示臣服。③縉紳：腰插笏板，代指士大夫。縉，也作「搢」，插。紳，士人腰間的大帶。

譯文 按照慣例，國王每隔五天，就要派官員向朝廷使者請安，每隔十天，就要親自拜見，朝廷使者辭讓感謝，往來兩三次後，纔每逢十天派國相前來拜見。拜見的禮儀制度，朝廷使者在堂上設置公座，國相三法司行禮，朝廷使者出來在座位旁站立，拱手。紫巾大夫端正地站立，其他人都端正地坐下，任其叩頭後退出，從官相見時衹是各自長揖罷了。

查閱《琉球國傳》，該國從漢朝時天孫氏以來，都姓尚，直到明朝

洪武初年，開始向中國稱臣。該國本來有南、北、中三個國王，本朝初年開始合併爲一國。該地都是山卻沒有高峰，也沒有城郭，國境大約寬幾百里，中間分爲三個府，國王居住的地方叫首里府，也叫守禮府，掌權的大臣大多住在這裏。第二個府叫久米府，永樂年間該國把華人遷居到那裏，教授當地人文章典籍知識，有二十四姓，世代居住在這裏，掌管整理文獻，就像中國的翰林院。第三個府叫那霸府，居住的都是商人。國内出仕做官的人，都世代做官世代受祿，雖然遵從唐朝制度用詩歌選拔士人，但是參加考試的其實都是官宦子弟。

原文 其所鑄用錢曰寬永，彼國之銀一兩可換錢一千六百文。刑罰無斬、絞、枷號①，有犯則送三法司究治。輕則杖

之；若罪重，給一獨木小艇，驅入大海，聽其所往，詔之充軍；再重，則剖其腹而投之海。

其民皆食蕃薯，一歲三熟，每擔價不過百文。亦種粟、麥、米、豆，土人食不當飽，備作宴客之需而已。人多布衣，不尚蠶桑。

所屬有三十六島，或遠或近，均隔重洋。羽毛之族頗同中國，惟鱗介大半皆海物，有大蝦如升斗，大蟹如草笠。魚則或藍或紅，莫可名狀，其味甚鯹②，亦莫別其美惡也。有燒酒，有甜酒，又有白酒如漿，係國中女子嚼米釀成，其味甜，微有酒氣耳。

註釋 ①枷號：將犯人上枷標明罪狀示眾的刑罰。②鯹：魚腥味。

譯文 他們鑄造的錢幣叫寬永錢，該國的銀子一兩可以兌換寬永錢一千六百文。沒有斬、絞、枷號等刑罰，有人犯罪就送到三法司調查判決。罪行輕的就杖擊他；如果罪行重，就給他一艘獨木小艇，驅使進大海，任他所去，再下詔讓他充軍；罪行更重的，就剖開他的肚子投進大海。

該國民眾都喫番薯，一年三熟，每擔價格不超過一百文錢。他們也種植粟、麥、米、豆，土著居民不用來充飢，衹是準備用作宴請賓客的需要罷了。人們大多穿布衣，不崇尚養蠶種桑。

該國統轄三十六個島，有的遠有的近，都隔絕幾重海洋。長羽毛的動物和中國基本相同，衹有長鱗甲的動物大半是海裏的物產，有大蝦狀如升斗，大蟹狀如草帽。魚的顏色有的藍有的紅，不能說清它們的形狀，氣味很腥，也無法辨別味道的好壞。他們有燒酒，有甜酒，又有像濃漿一樣的白酒，是國內女子把米嚼碎釀製而成，味道甜美，衹是略微有些酒氣罷了。

原文 通國之人軀幹無長大者，民安物阜，從不聞有盜賊之事。市中無店鋪，亦無茶坊酒肆。其舍宇四面卸水者居多，不甚寬大，亦無有通三間者，周緣①以板。室內皆鋪地板，高地二尺許，地板上用席墊布鑲而鋪之，名曰踏脚綿。男女皆席地而坐，門窗上俱鑿雙槽，重疊推拽以爲啟閉，故柱多方，其木質若黃楊，磨極光細。庭前亦有假山，多嵌空玲瓏，平地鋪以白沙，花光樹色映帶清幽。或編竹爲籬，屋藏於內，綠陰鬱然。行人稀少，終日寂靜，亦不聞有口角爭鬥之事，間聞有弦歌之聲。

註釋 ①緣：圍繞。

譯文 整個國家都没有身材高大的人，民衆安居而物產豐富，從來没聽説過有偷盜害人的事情。集市上没有店鋪，也没有茶樓酒館。他們的房屋四面排水的較多，不太寬大，也没有三間屋子通透的，四面圍著木板。室內都鋪設地板，離地二尺高左右，地板上鋪設鑲布邊的草席，名叫踏脚綿。男女都席地而坐，門窗上都鑿兩個槽，便於推拉開關，所以門窗柱大多是方的，木質像是黃楊，打磨得極爲光滑細膩。庭院前面也有假山，有多處鑿穿鏤空玲瓏剔透，平地鋪上白沙，花草樹木的色澤相互掩映而顯得清秀幽靜。有的庭院用竹條編成籬笆，屋子隱藏在裏面，綠樹成蔭鬱鬱蔥蔥。行人非常少，整天都很寂靜，也聽不到吵嚷爭鬥的聲音，有時能聽到撥弦唱歌的聲音。

【原文】使館之西有女集場，一切器皿、食物、布匹、舊衣、新履，皆婦人首戴而來，坐地而賣，其婦通稱曰「愛姨」。每男以肩挑，婦以首戴，無論①米糧、油酒、包裹、箱籠，雖重百斤，皆頂首上，從無有傾覆隕墜之虞②。

其俗有醫師而無筮卜星相之人，有僧無道，亦無優尼。

有寺曰樂善，在使館之後，竹籬矮屋，不施丹漆，曲廊環繞，綠陰蔽天，庭間鑿以小池，金魚游泳，鐘磬無聲，頗有幽趣。定海寺在那霸長虹堤之中，北臨大海，一望無際。亦有聖廟③，在館東半里許，規模如中國，而殿庭矮小，派秀才輪守之。

【註釋】①無論：豈止，不僅。②虞：憂慮，擔心。③聖廟：孔廟。

【譯文】天使館的西邊有女集場，一切器皿、食物、布匹、舊衣、新鞋，都由婦女用頭頂著帶來，坐在地上販賣，這些婦女通常被稱為「愛姨」。經常是男人用肩膀挑擔，女人用頭頂物，不僅是米糧、油酒、包裹、箱籠，即使是重達一百斤的東西，也都頂在頭上，從沒有翻倒墜落的擔憂。

當地民間有醫生而沒有占卜觀天象的人，有僧人沒有道士，也沒有尼姑。

有一座寺名叫樂善，在天使館的後面，四周是竹籬笆，裏面是低矮的房屋，不刷紅漆，屈曲的長廊環繞庭院，綠樹成蔭遮蔽天空，庭院裏鑿出小池塘，金魚在裏面游泳，鐘磬不發出聲響，很有些幽靜的情趣。定海寺在那霸長虹堤上面，北面臨近大海，一望無邊。也有孔廟，在天使館以東半里左右，式樣和中國相似，衹是殿堂低矮和庭院狹小，派秀才官輪流守護。

原文 其冠服之制，男子年十六歲乃剃頂髮中心，留其四鬢，挽一髻，插梅花簪三寸許。王及國相、法司官用全金者，紫巾大夫金頭銀腳，餘官皆用銀簪，庶民則用銅簪。冠式長圓，平頂如僧尼帽，而前後有折黰①文。有職者紅綾巾，大夫黄綾巾，紫金官以上皆紫綾巾，國相國舅則用紫錦巾。庶民冠元青荷葉巾，地保②用綠布巾。衣如道袍，長領，袖寬一尺四五寸，色亦尚紅青，便服則各隨其色，束大帶，約寬四寸許。國相以及至庶民皆著草履，名曰「撒霸③」，式如中國之草鞋，底中起梁立一樞連之，高半寸，著則以腳背套其梁，大腳指夾其樞，以故，左右襪頭俱開一叉，不能易。襪甚短，及踝而止，以帶束之，男女皆然。

註釋 ①黰：黑色。②地保：古時候在農村幫官府做事的人，也稱保正、保長。③撒霸：源於日語スリッパ，意思是夾腳拖鞋。

譯文 該國的冠服制度，男子十六歲就剃掉頭頂中心的頭髮，留四縷鬢髮，挽成一個髮髻，插上一枚三寸左右的梅花簪。國王和國相、法司官使用全金髮簪，紫巾大夫使用金頭銀腳髮簪，其他官員使用銀髮簪，平民則使用銅髮簪。冠帽的樣式是長圓形，平頂就像僧尼的帽子，前後有黑色折紋。有職事的人頭戴紅綾巾，大夫頭戴黃綾巾，紫金官以上都頭戴紫綾巾，國相和國舅則頭戴紫錦巾。平民頭戴青黑色的荷葉巾，地保使用綠布巾。衣服就像道袍，長領，袖寬一尺四五寸，崇尚紅色和青色，便服則各穿自己喜歡的顏色，腰繫大帶，大約寬四寸左右。國相直到平民都穿草鞋，名叫「撒霸」，樣式就像中國的草鞋，鞋底中間支起一條梁，豎立一條中樞連接起來，高半寸，穿的時候用腳背套在梁下，大腳趾夾住中樞，因此，左右襪頭都開一個叉，不能互換。襪子很短，衹到腳踝，用襪帶束緊，男女都是這樣。

原文 女子不裹足，不剃面①，不穿耳，髮無把②，用油蠟塗，挽於頂心，形如牡丹，即所謂牡丹頭也，其光似漆。簪長七寸，粗如小指，作八角楞。簪之頭如調羹③，向前倒插，金銀亦隨品而別，視其夫之品級。民婦則用角簪或玳瑁。衣如男子而長及地，不帶不扣，以裏衣襟納入褌腰，右手拽外襟而行。未嫁者則束汗巾於外以別之。袖有寬至二尺餘者。婦人年過三十，手背刺紋作黑點，年愈大紋愈多，至老年則全黑，此不可解也。

其與人交際，客至，則脫撒霸於門，入室坐地，主人出，各鞠躬點首以爲禮。小童執茶壺如桃者，斟茶半杯，主人舉以敬客，客受之，高舉齊額而後飲，以此爲敬，他物亦然。亦喫菸，每人前各置一具筒、一爐、一痰盂，一總謂之打巴古棚④，蓋菸謂打巴古，盤謂棚也。菸筒長僅尺許，菸甚辣。相對坐後，或清談或敲棋，倦則倒身而臥。

【註釋】①剃面：也稱開臉，指女子臨出嫁前剃去臉和脖子上的寒毛，並修齊鬢角的習俗。②把：抓髻。③調羹：羹匙。④打巴古棚：菸盤，即盛放煙具的盤子。打巴古，源於西班牙語 tabaco，即菸草。「棚」大概是琉球人對漢字「盤」的讀音。

【譯文】女子不裹腳，不剃面，不穿耳孔，頭髮不梳抓髻，用油蠟塗抹，挽在頭頂中心，形似牡丹，就是他們所說的牡丹頭，光亮好似刷了漆。髮簪長七寸，像小指一樣粗，製成八角楞。髮簪頭就像羹匙，向前倒著插，金銀首飾也隨品級來佩戴，根據她丈夫的品級。平民婦女就用角簪或玳瑁簪。衣服類似男裝而長及地面，不繫腰帶，不繫紐扣，把裏面的衣襟掖進褲腰裏，右手拉著外面的衣襟行走。沒出嫁的就在外面束汗巾來區別。有的衣袖寬達二尺多。婦女超過三十歲，手背就刺紋黑點，年紀越大紋的越多，到老年就全是黑色了，這一點不可理解。

他們與人交往，客人到了，就把撒霸脫在門口，進入室內坐在地上，主人出來，各自鞠躬點頭作爲禮儀。小童手持形狀像桃子的茶壺，倒半杯茶，主人舉杯向客人敬茶，客人接受茶杯，高舉與前額平齊後飲下，認爲這種姿勢是尊敬的意思，進獻別的東西也是這樣。他們也抽菸，每個人面前各放置一具菸筒、一個爐子、一個痰盂，一整套稱爲打巴古棚，大概菸就是打巴古，盤就是棚。菸筒長度祇有一尺左右，菸的味道很辣。主客相對坐下後，有的閒談，有的下棋，疲倦就躺下休息。

【原文】每宴會，極省儉，肴不過四色，用黑漆盤分格盛之。

酒僅一小杯，托以朱漆小盤，傳遞而飲，酒酣①則坐臥歌呼以爲樂。飯曰屋滿，粥曰渥該，喫曰三小里，魚曰游，肉曰犠，鴨曰鴨飛拉，蛋曰科甲，貓曰抹牙，油曰暗淡，米曰科；去曰一迴，今日曰初，明日曰阿爵，遊玩曰阿嬉脾，拿來曰莫給科，好曰秋喇沙，不肯、不要、不好統曰沒巴歇，不懂曰悉各朗；一曰抵幾，二曰打幾，三曰米幾，四曰又幾，五曰一幾幾，六曰榮幾，七曰搽搽幾，八曰牙幾，九曰穀穀奴幾，十曰拖幾。惟茶曰茶，衣架曰衣架，衣曰衾索，麵曰索麵，而麵又曰木吉利果，此三物大約起自中國，故仍舊名。其花卉種類甚繁，不能殫②述。其他名物稱謂，類皆有音無字者也。

註釋 ①酣：酒喝到暢快時。②殫：竭盡。

譯文 每次宴會，都極其節省，菜肴不超過四種，用黑色漆盤分格盛放。酒祇有一小杯，用紅漆小盤托著，傳遞飲用，酒喝到暢快時就坐臥唱歌高呼取樂。飯叫屋滿，粥叫渥該，喫叫三小里，魚叫游，肉叫犠，鴨子叫鴨飛拉，蛋叫科甲，貓叫抹牙，油叫暗淡，米叫科；去叫一迴，今天叫初，明天叫阿爵，遊玩叫阿嬉脾，拿來叫莫給科，好叫秋喇沙，不肯、不要、不好都叫沒巴歇，不懂叫悉各朗；一叫抵幾，二叫打幾，三叫米幾，四叫又幾，五叫一幾幾，六叫榮幾，七叫搽搽幾，八叫牙幾，九叫穀穀奴幾，十叫拖幾。祇有茶叫茶，衣架叫衣架，衣服叫衾索，麵粉叫索麵，而麵又叫木吉利果，這幾種東西大約產自中國，所以仍然使用舊有名稱。該國花卉種類非常多，不能全部敘述。其他器物的稱謂，大體上都屬於有讀音而沒有文字的情況。

原文 琉球國亦唱戲，天使至，則於便殿前，搭戲臺一座，高與階齊，方廣三丈許。後場有大松樹一株，枝飛簷外，有彩無燈。歌舞者非伶人，皆國中搢紳子弟爲之，年皆十六七，無有老年者。

其開場無鑼鼓，但聞場後連打竹板聲，即見一老人戴荷葉巾，披深黃色大襟衣，有似鶴氅[1]，束藍帶，手執藤杖，白髮飄然，率男子八人，頭梳高髻，身披白花紅地衫，腰束皂色帶，各執花枝繞場而舞，如堆花狀。又有童子搖鼓穿繞其間，歌聲從後場而出，不吹笙笛，用弦索和之。場上啟，

做關目說白[2]而已。此爲彼國天孫氏開闢琉球，歌舞太平故事，名曰三祝舞。

又聞竹板響，扮出四童女，髻插金鳳花，額束紫綃帕，披大紅衫，其長曳地，外罩板金鑲元青紗背搭，各持摺扇二柄，魚貫而出，歌舞而退，此謂扇舞。

註釋 ①鶴氅：用鳥羽製成的外套，後來指道袍。②關目說白：戲曲中唱詞以外的臺詞，也叫念白、道白。

譯文 琉球國也唱戲，朝廷使者來了，就在便殿前面，搭建一座戲臺，高度和殿階平齊，邊長三丈左右。後場有一棵大松樹，枝頭伸到房檐外，有彩帶而沒有燈。表演歌舞的不是演員，都是國內的官宦子弟，年紀都是十六七歲，沒有老年人。

國王，召其父子賜以爵祿，並收其女入宮撫養。此其開國時之故事，其場後之松樹專爲此而設也。此樹甚高，已百年物矣。

註釋

①脚：也作「角」，角色。

譯文

下面開演一段傳奇，名叫《天緣奇遇兒女承慶》。現有一名生角，穿戴青衣黑帽扮演一個樵夫，名叫銘刈子。接著有一名旦角，非常美麗，頭梳高高的髮髻，腦後的頭髮披在肩上，外面披著一件白綢五彩印花拖地長襖，裏面襯著一件銀紅衫子，肩上纏繞著一條大紅風帶，扮演一位仙女，從松樹上降下走到戲臺中心，就把風帶解下，掛在樹上，就像做出要沐浴的樣子。銘刈子偷走風帶收藏起來，僊女失去風帶，害怕不能飛昇，就和銘刈子問答很長時間，於是結爲夫妻。他們生下一個女兒名叫眞鶴，年僅九歲，還有一個兒子名叫思龜，年僅五歲，都由七八歲的小童扮演，紅嘴唇白牙齒，扮相惟妙惟肖。這時僊女騙兒女睡在榻上，忽然找出風帶，緩緩登上松樹，將要飛到天上了。她掛念下面的兒女做出悲傷哭泣的樣子，兒女驚醒，追到樹下呼喊，僊女已經昇到松樹頂端，忽然有白雲從上而下使去路分辨不清，這些雲都是棉花結成的。銘刈子也追尋到樹下，和兒女對著松樹大哭。忽然有一位大夫出塲詢問銘刈子，回去報知國王，召見他們父子賞賜爵位和俸祿，並將他的女兒收進宮中撫養。這是開國時的故事，塲後的松樹是專門爲這塲戲設置的。這棵樹很高，已經有一百年了。

原文

又聞竹板再響①，四小旦扮四女，裝如天女而無風帶，

《雷峰塔》中的一部分，即《降香水門》，又名《水漫金山寺》。

譯文　又聽到竹板再次響起，四位小旦扮演四個女子，裝束就像僊女卻沒有風帶，頭頂五彩斗笠，在弦樂的伴奏下用舒緩的長聲唱著歌上場。舞蹈一段時間，各自脫下斗笠，上下盤旋著前進，這叫斗笠舞。

又開演一段傳奇，叫《君爾忘身救難雪仇》。一個淨角兩側額頭塗抹胭脂，容顏就像童子，白髮就像鶴羽，頭戴黃緞金鑲風兜，身穿古銅色緞衫，外面罩著一件天青金雲龍背心，腰帶插著一把寶刀，手持兜扇，自稱按司，名叫八重瀨按司，好像是他們國家的諸侯。他在路上遇到玉村按司，見其夫人相貌美麗，殺死玉村而搶走他的妻子。妻子不從，爲保全名節而死。她的兒子逃走藏匿在平安大主家裏，八重瀨想要搜捕剷除禍害。玉村有個僕人的兒子叫龜壽的，和他的母親道別，投奔平安大主家，見到小主人，想要自己假扮成小主人，獻身替小主人去死。小主人不從，就像《一捧雪》換監一折僕人替主人死的劇情。然後小主人答應了。平安大主有一位家兵將領，名叫吉由，把龜壽綁起來假稱是玉村的兒子，交給八重瀨。八重瀨命令把他送進監獄，讓他受盡各種苦難並要殺掉他。吉由假裝投降到八重瀨帳下，又有一位玉村的家臣名叫波平爲道義起兵，和平安大主的軍隊聯合，尊奉玉村的兒子爲小按司來爲父親報仇。義軍攻入關隘進軍，在八重瀨的帳下把他殺死，救出龜壽，仍然立玉村的兒子爲按司。這是明末他們國家分爲南、北、中三王時期的故事。小按司是一個十二三歲的俊美兒童，他的裝扮就像《降香水門》中的小青，衹是不穿裙子罷了。凡是遇到搏殺的戲都不在場上演，都進入場後作出擂鼓吶喊的聲音罷了。

原文 又聞竹板響，見男子四人頭束紅帕，身著花襖，腰圍闊帶，腿纏青紬①，手執羯鼓②，其聲咚咚。又有四童，裝束亦如之，則手執短竹，擊聲角角，滿場躑躅③，且擊且跳，謂之羯鼓舞。

又閑傳奇一段，曰《淫女爲魔義士全身》。走出一小生，年約十五六，扮一久米府之漢人後裔，名曰陶松瑞。頭戴細草笠子，式如中國涼帽胎④，而大如小鐵鍋，衣月白紬衫，手執短拐，往首里府探親。天晚迷路，見山下有燈火，投宿村莊。隨有一旦，扮村女出，留松瑞宿，自言母亡父出，一

人獨守，欲薦枕席。松瑞誠以男女不親授受之義。其女不聽，強逼之，松瑞脫身逃遁。女轉羞成怒，欲追殺之，松瑞逃入萬壽寺。有老僧名普德，藏松瑞於鐘中，一鐘極肖。女子追索無蹤，仰天大哭，發狂而去。松瑞已出，而女子復至，鑽入鐘中，忽變成魔相，頭出兩角，貌極猙獰，手執雙斧，勢將動武。普德遂合手念咒，魔即乘風化去，松瑞得全身而歸。此彼國近時之故事也。

忽扮出大小獅子兩個，跳躍盤旋而下，歌舞自此止，即中國唱戲之所謂團圓也。

註釋 ①紬：粗綢。②羯鼓：一種用公羊皮製作的鼓，兩面蒙皮，細腰。③躑躅：徘徊不前。④涼帽胎：涼帽的內襯。清代官帽分暖

帽、涼帽，涼帽在夏季八月以後換戴，圓錐形，多以竹、藤製成，外裹綾羅。

【譯文】又聽到竹板響起，見到四個男子頭上束著紅帕，身穿花布襖，腰繫寬頻子，腿纏青粗綢，手持羯鼓，聲音咚咚響。又有四個童子，裝束也像這樣，但是手裏拿著短竹竿，擊打發出角角的聲音，滿場徘徊不前，一邊敲打一邊跳躍，這叫羯鼓舞。

又開演一段傳奇，叫《淫女爲魔義士全身》。走出一名小生，年紀大約十五六歲，扮演一位久米府的漢人後裔，名叫陶松瑞。他頭戴細草斗笠，式樣就像中國的涼帽內襯，可是大得像小鐵鍋，他身穿月白襯衫，手持短拐杖，前往首里府探望親戚。天黑以後他迷路了，看見山下有燈光，就到村莊裏投宿。隨後有一名旦角，扮演村女出場，留陶松瑞住宿，自稱母親死後父親出走，她一個人獨守空房，想要自薦同床共枕。陶松瑞用男女授受不親的道理告誡她。這個女子不聽，要強迫他，陶松瑞脫身逃跑。女子惱羞成怒，想要追殺他，陶松瑞逃到萬壽寺。有一名老僧叫普德，把陶松瑞藏在大鐘裏，那口大鐘做得非常逼真。女子追尋不到蹤跡，仰頭向天大哭，發狂離去。陶松瑞出來後，女子又來了，鑽進大鐘裏，忽然變成魔鬼的樣子，頭上長出兩隻角，相貌非常猙獰，手持一雙大斧，好像將要動武。普德於是雙手合併念動咒語，魔鬼立即隨風離去，陶松瑞得以保全身體回到家中。這是他們國家最近的故事。

忽然又有一大一小兩隻獅子裝扮好出場，跳躍盤旋著退下，歌舞到此爲止，這就是中國唱戲時所說的團圓。

原文

琉球國亦有妓女，謂之紅衣人，其所居曰紅衣館。向例①，每天使至國冊封，準諸妓入館伺候。自嘉慶五年趙介山②殿撰③冊封琉球時，傳諭不准入館，遂爲定例。自國相以下均有所歡，每月纏頭④脂粉之費，不過四五六金⑤而已。若天使至，則不許國人闌入⑥紅衣館，恐生事端也。中華人每到紅衣館，有賞識者，即聲價十倍，定情合意後，必贈一銀簪，帶之以爲榮。蓋民間俱用角者，惟妓女得中華人賞給始准帶耳。其款式如荷花瓣而腳長，每枝重五兩。其裝束百般，總無一定。有著白地青花衫，微映大紅抹胸⑦者；有著五彩印花衫，束紫縐紗汗巾者；有綠地五彩白花衫，束大紅文絲帶者，皆薄施脂粉，丰致嫣然，令人消魂。亦能歌舞，或彈三弦，或鼓古瑟，或坐而歌，或起而舞。

註釋

①向例：慣例。②趙介山：趙文楷，字介山，嘉慶元年狀元，歷任翰林院修撰、山西按察使等職，曾在嘉慶五年出使琉球。③殿撰：明清時對狀元的別稱。④纏頭：送給妓女的財物。⑤金：貨幣單位，明清時稱一兩銀子爲一金。⑥闌入：擅自闖入。⑦抹胸：一種女式內衣，類似肚兜。

譯文

琉球國也有妓女，叫作紅衣人，她們居住的地方叫紅衣館。按照慣例，每當朝廷使者來到該國冊封，就會批準那些妓女進入天使館伺候起居。從嘉慶五年趙介山殿撰冊封琉球的時候開始，傳諭旨不准妓女進入天使館，於是成爲定例。從國相以下都有喜歡的妓女，每個月贈送的財物和脂粉錢，不過四五六兩銀子罷了。

如果朝廷使者到了，就不許本國人擅自闖入紅衣館，擔心生出事端。中國人每次到紅衣館，有賞識的妓女，就開出十倍的價格，情投意合之後，一定會贈送一枚銀簪，妓女戴上會引以爲榮。大概民間都使用角簪，衹有妓女得到中國人的賞賜纔開始佩戴罷了。髮簪的款式就像荷花瓣而腳很長，每一枚重五兩。妓女的裝扮有很多種，没有統一規定。有的穿白地青花衫，微微映襯出大紅抹胸；有的穿五彩印花衫，頭上束紫縐紗汗巾；有的穿綠地五彩白花衫，腰間繫大紅文絲帶，都擦著薄薄的脂粉，丰姿婀娜，讓人銷魂。她們也會表演歌舞，有的彈三弦，有的彈古瑟，有的坐下唱歌，有的起身跳舞。

原文 凡紅衣人盡無子。自八九歲賣身入館，教以歌，與人交接後，積財贖身，即買一美婢，自開門戶。年長則各有舊交，故無從良①之例。其房皆南向，空前一架爲軒廊②，後三架爲臥室，三面皆板，上施頂格，下鋪腳踏綿，潔淨而軟，如登大床。亦有箱籠、衣架、書畫，呈設古銅③、瓷瓶、壺、杯、碗、茶具、酒器之屬。簷下亦鑿小池，蓄金鱗數尾，植芭蕉鐵樹於牆下。有一種名佛桑花，葉若桑而花如蜀葵，千瓣，五色俱備，有大紅色者。

男用團扇，女則半月。夜臥，則以大席鋪室中，上施大帳，而復以衾枕之屬。亦點燭，式如風燈④而高，外糊白紙，中燃油火，上有橫木，可以提攜，亦隨地可置，隨處可粘。燭皆純蠟，可以通宵。其餘起居飲食與中國無異。

註釋 ①從良：指娼妓嫁人，擺脫原來的生活。②軒廊：有窗的走廊。③古銅：古代銅器。④風燈：外面有防風罩的燈。

譯文 凡是紅衣人都沒有孩子。她們從八九歲時就賣身進入紅衣館，被教授唱歌，與客人交往以後，積累錢財贖身，就買一個貌美的婢女，自己另立門戶。年長的各有舊交情，所以沒有從良的先例。她們的房屋都朝向南方，前面一間是軒廊，後面三間是臥室，三面都隔著木板，上面蓋有頂格，下面鋪有腳踏綿，潔淨而柔軟，就像登上大床。室內也有箱籠、衣架、書畫等器物，也陳設古代銅器、瓷瓶、壺、杯、碗、茶具、酒器之類的東西。屋簷下也開鑿小池塘，蓄養幾條金魚，在牆下種植芭蕉和鐵樹。有一種名叫佛桑的花，葉子像桑樹而花朵像蜀葵，上千片花瓣，五種顏色兼具，有大紅色的花。

男子使用團扇，女子使用半月扇。夜裏躺下，就用大席鋪在臥室正中，上面佈設大帳，並且鋪設被子和枕頭之類的東西。她們也點燭火，式樣就像風燈而略高，外面糊上白紙，裏面點燃油火，上面有橫木，可以提著，也可以隨時放在地上，隨處固定放置。燈燭都用純蠟製成，可以點燃一整夜。其他起居飲食的習俗和中國沒有甚麼兩樣。

附錄一：記事珠·浮生六記

原文 吴門沈梅逸名復，與其夫人陳芸娘伉儷①情篤，詩酒倡和。迨②芸娘没後，落魄無寥，備嘗甘苦，就平生所曆之事，作《浮生六記》，曰《静好記》、《閒情記》、《坎坷記》、《浪遊記》、《海國記》、《養生記》也。梅逸嘗隨齊、費兩册使入琉球，足跡幾遍天下。余與梅逸從未一面。亦奇士也。

註釋 ①伉儷：夫妻。②迨：等到。

譯文 蘇州沈梅逸名復，和他的夫人陳芸娘夫妻情深，吟詩飲酒一唱一和。等到芸娘死後，他潦倒煩悶，嚐盡了人間酸甜苦辣，根據平生所經歷的事情，創作了《浮生六記》，分别是《静好記》、《閒情記》、《坎坷記》、《浪遊記》、《海國記》、《養生記》。沈梅逸曾經隨齊鯤、費錫章兩位册封使者進入琉球國，足跡幾乎遍佈天下。我和沈梅逸從没見過面。我認爲他也算是一位奇偉之士。

附錄二：序、跋、題記

管貽萼分題沈三白處士浮生六記

原文 劉樊僊侶[1]世原稀，瞥眼鳳花又各飛；
嬴得紅閨傳好句，「秋深人瘦菊花肥」[2]。君配工詩，此其集中遺句也。

煙霞花月費平章，轉覺閑來事事忙；
不以紅塵易清福，未妨泉石竟膏肓。

坎坷中年百不宜，無多骨肉更離披；
傷心替下窮途淚，想見空江夜雪時。

秦楚江山逐望開，探奇還上粵王臺[3]；
遊蹤第一應相憶，舟泊胥江[4]月夜懷。

瀛海[5]曾乘漢使槎，中山風土紀皇華；
春雲偶住留痕室，夜半濤聲聽煮茶。

白雪黃芽說有無，指歸性命未全虛；
養生從此留真訣，休向瑯嬛[6]問素書[7]。

陽湖管貽萼樹荃

註釋 ①劉樊僊侶：指東漢時期的劉綱與其妻樊氏，二人共同修僊而傳爲佳話，後人稱之爲「僊侶」。②「秋深」句：沈復文集遺句。菊花肥，指菊花在秋霜侵襲後顏色變得凝重。③粵王臺：也稱「越王臺」，位於廣州越秀山，相傳爲秦末漢初南越王趙佗所築。④胥江：也稱「胥河」，古運河，位於蘇州境內，相傳爲春秋時期吳國將領伍子胥所鑿。⑤瀛海：大海。⑥瑯嬛：傳說中天帝藏書的地方。⑦素書：道家著作，相傳爲秦末漢初的黃石公所作，後來傳授給張良。

潘鍾瑞浮生六記序

原文 是編合冒巢民①《影梅盦憶語》、方密之②《物理小識》、李笠翁③《一家言》、徐霞客④《遊記》諸書，參錯貫通，如五侯鯖⑤，如群芳譜⑥，而緒不蕪雜，指極幽馨。《綺懷》⑦可以不刪，《感遇》⑧烏能自已，洵《離騷》之外篇，《雲僊》⑨之續記也。向來小說家標新領異，移步換形。後之作者幾於無可着筆，得此又樹一幟，惜乎卷帙不全⑩，讀者猶有遺憾；然其淒豔秀靈，怡神蕩魄，感人固已深矣。

僕本恨人⑪，字爲秋士；對安仁⑫之長簟⑬，塵掩茵幬⑭；依公瑕⑮之故居，種尋藥草（余居定光寺西，爲前明周公瑕藥草山房故址）；海天瑣尾⑯，嚐酸味於蘆中；山水遨頭⑰，騁豪情於花外。我之所歷，間亦如君，君之所言，大都先我。惟是養生意懶，學道心違，亦自覺闕如者，又誰爲補之歟？浮生若夢，印作珠摩（余藏舊犀角圓印一，鐫「浮生若夢」二語）；記事之初，生同癸未（三白先生生於乾隆癸未⑱，余生於道光癸未⑲）；上下六十年，有鄉先輩爲我身作印證，抑又奇已。聊賦十章，豈惟三嘆：

註釋 ①冒巢民：字辟疆，號巢民，江蘇如臯人，明末清初文學家，著有《朴巢詩文集》、《影梅盦憶語》等。②方密之：方以智，字密之，號曼公，安徽桐城人，明末清初學者，曾在廣東永曆朝中任職，清軍進入廣東後，他出家爲僧，法號弘智。他學識淵博，對文學、經史和自然科學都有所研究，《物理小識》是其代表作。③李笠翁：李漁，字謫凡，號笠翁，浙江金華人，明末清初文學家，在戲劇創作和理論研究方面有很深的造詣，著有戲曲《玉搔頭》、小説《肉蒲團》、戲劇理論《閒情偶寄》等。④徐霞客：徐弘祖，字振之，號霞客，江蘇江陰人，明代旅行家、地理學家，著有《徐霞客遊記》。⑤五侯鯖：漢成帝封外戚王氏五人爲侯，息鄉侯婁護往來五家之間，將各家珍膳合在一起烹飪，稱其雜燴爲五侯鯖。這裏指使用各種材料烹製而成的美味佳餚。⑥群芳譜：明代王象晉撰寫的介紹植物栽培方法的《二如亭群芳譜》，簡稱《群芳譜》。這裏指包羅萬象的書籍。⑦《綺懷》：清代詩人黃景仁的組詩。⑧《感遇》：唐代詩人張九齡的組詩。⑨《雲僊》：指《雲僊雜記》，是一部記載唐朝至五代時期權貴、名士、隱者珍聞軼事的小説集，署名唐朝人馮贄，《四庫全書總目提要》則認爲是宋朝人王銍僞造的，而且馮贄也無其人。⑩卷帙不全：指《浮生六記》後兩卷散佚。⑪恨人：抱恨失意的人。⑫安仁：用典不詳，所指可能是西晉文學家潘岳，字安仁。⑬簟：竹席。⑭茵幬：馬車的坐墊和帷帳。⑮公瑕：周天球，字公瑕，江蘇蘇州人，明代書畫家。⑯瑣尾：瑣碎。⑰遨頭：原指成都浣花溪的彩船遊行活動，這裏指遨遊。⑱乾隆癸未：乾隆二十八年，即一七六三年。⑲道光癸未：道光三年，即一八二三年。

【譯文】本書集冒巢民的《影梅盦憶語》、方密之的《物理小識》、李笠翁的《一家言》、徐霞客的《遊記》等書特點於一身，參差交錯、融會貫通，就像五侯鯖，就像群芳譜，可是頭緒並不繁雜，主題極其深遠。與《綺懷》相比無一字可以删除，與《感遇》相比情感不能自已，本書實在可以稱爲《離騷》的外篇，《雲僊》的續記。向來小說家就喜歡標新立異，筆法隨情景變化。後來的作者幾乎沒有可以下筆的題材了，從本書開始又另立一面旗幟，衹可惜散佚不全，讀者仍然有所遺憾；然而其中的文字淒婉豔麗，秀美靈動，令人心曠神怡，盪氣迴腸，足以感人至深了。

我本來是個抱恨失意的人，字是秋士；面對安仁的長席，塵土覆蓋著坐墊和帷帳；依傍公瑕的故居，尋找和種植草藥（我住在定光寺西邊，是前明周公瑕的藥草山房舊址）；天南海北瑣碎之事，

在草廬中嚐盡辛酸；青山綠水遨遊之時，在花叢外縱情馳騁。我所經歷的，和作者有幾分相似，作者所說的，大都先於我。衹是我懶於養生，違心學道，也自知有缺憾，又有誰爲我彌補呢？浮生若夢，刻印留念（我收藏了一枚犀牛角圓印，刻有「浮生若夢」幾個字）；記事之初，同生癸未（沈三白先生生於乾隆癸未年，我生於道光癸未年）；前後相差六十年，有鄉里長輩爲我作證，也有人爲此感到奇怪。閒來賦詩十篇，豈止三次嘆息：

原文 豔福清才兩意諧，賓香閣上鬥詩牌。
深宵同啜桃花粥，剛識雙鮮醬味佳。
琴邊笑倚鬢雙青，跌宕風流總性靈。
商略山家栽種法，移春檻是活花屏。

分付名花次第開，膽瓶拳石伴金罍①。
笑他瑣碎《板橋記》②，但約張魁③清早來。

曾經滄海難爲水，除卻巫山不是雲；
守此情天與終古，人間鴛牒④祇須焚。

爨起家庭劇可憐，幕巢飛燕影淒然，
呼燈黑夜開門去，玉樹枝頭泣杜鵑。

梨花憔悴月無聊，夢逐三春盡此宵。三白於三月三十日悼亡。
重過玉鉤斜畔路，不堪消瘦沈郎腰。

雪暗荒江夜渡危，天涯莽莽欲何之？
寫來滿幅征人苦，猶未生逢兵亂時。

鐵花岩畔春多麗，銅井山邊雪亦香。

從此拓開詩境界，湖山大好似吾鄉。

眼底煙霞付筆端，忽耽冷趣忽濃歡；
畫船燈火層寮月，都作登州海市觀。

便做神仙亦等閒，金丹苦煉幾生慳。
海山聞說風能引，也在虛無縹緲間。

同治甲戌⑤初冬，香禪精舍近僧⑥題。

註釋 ①金罍：飾金的大型酒器，刻有雲雷紋。②《板橋記》：又稱《板橋雜記》，清代文學家余懷撰，記述秦淮河南岸長板橋一帶的珍聞軼事。③張魁：《板橋雜記》中《張魁官性倒錯》一篇的主人公，是一個靠穿女裝出賣色相的男子。④鴛牒：又稱「鴛鴦牒」、「鴛鴦譜」，傳說中註定兩人結爲夫妻的譜牒。⑤同治甲戌：同治十三年，即一八七四年。⑥近僧：潘鍾瑞，字麐生，也作麟生，號近僧，江蘇蘇州人，精通篆刻。

楊引傳浮生六記序

原文 《浮生六記》一書，余於郡城①冷攤②得之，六記已缺其二，猶作者手稿也。就其所記推之，知爲沈姓號三白，而名則已逸，遍訪城中無知者。其書則武林葉桐君刺史③、潘麐生茂才④、顧雲樵山人⑤、陶芑孫明經⑥諸人，皆閱而心醉焉。弢園王君⑦寄示陽湖管氏⑧所題《浮生六記》六絶句，始知所亡《中山紀歷》蓋曾到琉球也。書之佳處已詳於麟生所題。近僧即麟生自號，並以「浮生若夢爲歡幾何」之小印，鈐於簡端。

光緒三年⑨七月七日，獨悟庵居士楊引傳識。

註釋 ①郡城：省城，指蘇州。②冷攤：不引人注意的小攤。③武林葉桐君刺史：葉珪，字桐君，上海松江人。武林，杭州的別稱。刺史，官名，唐代以前爲州長官，明清時爲知州的別稱。④潘麐生茂才：潘鍾瑞，字麐生，號近僧，江蘇蘇州人。茂才，即秀才，東漢時避光武帝劉秀諱，改「秀」爲「茂」，明清文人好古，也經常稱秀才爲茂才。⑤顧雲樵山人：顧超，字子超，號雲樵，上海松江人。山人，隱士，也指文人墨客。⑥陶芑孫明經：陶然，字黎青，江蘇興化人，官至吏部尚書。明經，漢代爲察舉科目之一，唐代爲科舉科目之一，明清爲貢生的別稱。⑦弢園王君：王韜，字仲弢，號弢園，江蘇蘇州人，維新派思想家、近代報刊思想奠基人和政論家。⑧陽湖管氏：管貽葄，字芝生，號樹荃，江蘇陽湖人。⑨光緒三年：一八七七年。

【譯文】《浮生六記》一書，是我在省城的一處不引人注意的小攤上得到的，六記已經缺失其二，祇是作者的手稿。根據書中的記載推斷，知道作者姓沈號三白，而本名已經不爲人知，我遍訪城中沒有知道的。本書經杭州葉桐君知州、潘麐生秀才、顧雲樵山人、陶芑孫貢生等人，閱讀後都沉醉其中。弢園王君寄給我陽湖管氏所題《浮生六記》的六首絶句，我纔知道本書所缺失的《中山紀歷》説作者大概曾經到過琉球。本書的優點已經詳實地記載於潘麐生題寫的序言中。近僧就是潘麐生的號，並且把「浮生若夢爲歡幾何」的小印章，蓋在文章的開頭。

光緒三年七月七日，獨悟庵居士楊引傳題寫。

王韜　浮生六記跋

【原文】予婦兄楊甦補①明經曾於冷攤上購得《浮生六記》殘本，筆墨間纏綿哀感，一往情深，於伉儷敦篤。卜宅②滄浪亭畔，頗擅水石林樹之勝，每當茶熟香溫，花開月上，夫婦開尊對飲，覓句聯吟，其樂神僊中人不啻也。曾幾何時，一切皆幻。此記之所由作也。予少時嘗跋其後云：「從來理有不能知，事有不必然，情有不容已。夫婦準以一生，而或至或不至者，何哉？蓋得美婦非數生修不能，而婦之有才有色者，輒爲造物所忌，非寡即夭。然才人與才婦曠古不一合，苟合矣，即寡夭焉，何憾！正惟其寡夭焉，而情益深；不然，即百年相守，亦奚裨乎？嗚呼！人生有不遇之感，蘭杜有零落之悲。歷來才色之婦，湮沒終身，抑鬱無聊，甚且失足墮行者不少矣，而得如所遇以夭者，抑亦難之。乃後之人憑弔，或嗟其命之不辰③，或悼其壽之弗永，是不知造物者所以善全之意也。美婦得才人，雖死賢於不死。彼庸庸者即使百年相守，而不必百年已泯然④矣。造物所以忌之，正造物所以成之哉？」顧跋後未越一載，遽賦悼亡⑤，若此語爲之讖⑥也。是書余惜未抄副本，旅粵以來時憶及之。今聞甦補已出付尊聞閣主人⑦以活字板排印，特郵寄此跋，附於卷末，志所始也。

丁丑⑧秋九月中旬，淞北玉魫生王韜病中識。

註釋 ①楊甦補：楊引傳，號蘇補。②卜宅：選擇住處。③不辰：不得其時。④泯然：消失，泯滅。⑤遽賦悼亡：指王韜的妻子楊氏去世。⑥讖：預言。⑦尊聞閣主人：《申報》創辦人英國人安納斯脫・美查的筆名。⑧丁丑：光緒三年，即一八七七年。

譯文 我妻子的兄長楊甦補貢生曾經在一處不引人注意的小攤上得到《浮生六記》的殘本，字裏行間纏綿傷感而充滿深情，在表現夫妻感情方面尤爲突出。作者在滄浪亭旁選擇了一處住宅，他很擅長構建園林景致，每次煮好香茶，鮮花開放，月上枝頭，夫妻二人就相對舉杯共飲，尋覓佳句，吟詩作對，這種快樂即使是神僊也比不上。沒過去多少時候，一切就都變成幻影。本書就是因此而創作的。我年輕時曾在書後題跋道：「從來道理就有不能探知的，事情就有不一定的，感情就有不可控的。夫妻以一生爲基準，可是有的能共度一生，有的不能，爲甚麼呢？大概丈夫想娶一個貌美的妻子沒有幾輩子修來的福分是不能得到的，而有才華有美貌的女人，就會被造物主所忌妒，不是守寡就是早亡。然而有才華的男人和有才華的女人自古以來就難以結合，衹能勉強湊合罷了，即使守寡和早亡，又有甚麼遺憾呢！正因爲守寡和早亡，纔使情誼更加深厚；不是這樣，即使百年相守，又有甚麼裨益呢？唉！人的一生有懷才不遇的感觸，蘭花杜鵑有凋零敗落的悲哀。歷來有才華有美貌的女人，終生被埋沒，抑鬱潦倒，甚至失足墮落的也不算少數了，而在找到賞識自己的丈夫後早亡的，也算很難得了。衹有後人據此感慨，有的爲她年華早逝而嘆息，有的爲她壽命不長而哀悼，這是不懂得造物主以此平衡萬物的本意。美貌的女人找到有才華的男人，即使死了也強於不死。那些平庸的人即使能夠相守百年，可是不一定到百年就會感情泯滅了。造物主所擔心的，難道正是造物主所成就的嗎？」回想起題寫這篇跋之後不超過一年，妻子就去世了，好像這些話成了預言。這本書我可惜沒有抄錄副本，旅居廣東以來經常回憶起來。現在聽說楊蘇補已經交付尊聞閣主人用活字排版印刷，特意郵寄這篇跋，附在書的最後，這也是我最初的想法。

丁丑年秋季九月中旬，淞北玉魫生王韜在病中題寫。

崇賢館精研歷代善本風貌，願承宋版之精嚴而高貴，元版之景宋而厚重，明版之繁盛而異彩，清版之集古而為新，故將館內所收版刻經典字體及當代名家真跡礪成崇賢字體，進而以此專有字體呈現歷代儒道佛及國藝典籍神韻，並融合當代審美情趣，名曰崇賢館古體本。

圖書在版編目（CIP）數據

浮生六記 /（清）沈復著；彭令整理；崇賢書院釋譯. -- 北京：北京聯合出版公司，2015.10
（崇賢善本）
ISBN 978-7-5502-6177-8

Ⅰ. ①浮… Ⅱ. ①沈… ②彭… ③崇… Ⅲ. ①古典散文－散文集－中－清代 Ⅳ. ①I264.9

中國版本圖書館CIP數據核字(2015)第221868號

崇賢館微信

書名 浮生六記
著作者 （清）沈復著；彭令整理；崇賢書院釋譯
責任編輯 李徵 徐寧
出版發行 北京聯合出版公司
地址 北京市西城區德外大街八十三號樓九層
郵編：100088
策劃經銷 北京崇賢館世紀文化傳媒有限公司
網址 http://www.cxg1997.com
地址 北京市朝陽區建外SOHO西區15號樓1層1515號，郵編：100022
印刷 吴橋金鼎古籍印刷廠
開本 宣紙八開
版次 二〇一七年十二月第一版 二〇一八年六月第二次印刷
標準書號 ISBN 978-7-5502-6177-8
定價 壹仟壹佰捌拾圓整（一函五冊）